詩選集

絵空事
羅人どん
<small>ら</small><small>びっと</small>

田中 實

Know then thyself, presume not God to scan;
The proper study of mankind is Man.
Placed on this isthmus of a middle state,
A being darkly wise and rudely great.
—Alexander Pope, *Know Then Thyself.*

目 次

I 絵空事　羅人どん……………………………………… 3
- 1　シャボン玉に願いを　3
- 2　悪戯っ児　5
- 3　鳥さんたち　色取りどり　7
- 4　絵空事　羅人どん　10
- 5　両神山頂上に立つ　15
- 6　サロイアンの joie de vivre　18
- 7　生老病死諸君　21
- 8　ボブ・ディランさんへのオマージュ　23
- 9　高村光太郎さんの苦悶と愛惜と　27

II 凡愚　羅人どん ……………………………………… 33
- 1　羅人くん　人攫いに　33
- 2　過つはヒトの常　35
- 3　自分の名前が難儀　37
- 4　凡愚　羅人どん　39
- 5　行雲流水と無為の老子さん　40
- 6　老い　キケロさんほか　43
- 7　芭蕉さんの宇宙　49
- 8　知恵袋　諭吉さん　51
- 9　余裕派　漱石さん　55

III 迷夢　羅人どん ……………………………………… 61
- 1　ケンちゃん物語　61

- 2　羅人どんの絵の先生　64
- 3　天国と地獄のカプリッチオ　66
- 4　不条理蔓延　68
- 5　飛翔するシャガール氏　70
- 6　善戦アドラー氏　73
- 7　自然に寄り添うワーズワス氏　75
- 8　エロスのロレンス氏　77
- 9　高邁なゲーテ氏　80
- 10　迷夢　羅人どん　83
- 11　花に虚実なし　86

Ⅳ　道草　羅人どん　……………………………………　89

- 1　月の女神の申し子　89
- 2　人間嫌い　モリエール　90
- 3　トマス・モアの命　92
- 4　西脇順三郎の晩年　94
- 5　サルとヒトと　96
- 6　道草　羅人どん　100
- 7　種の今昔ものがたり　103

Ⅴ　シェイクんの夢　スピアんの芸術　……………　107

- 1　兎　107
- 2　ふれあい橋　109
- 3　シェイクんの夢　スピアんの芸術　110
- 4　永遠に未完成か　115

VI　逆立ち男 ……………………………………………………… 121

    1　牛　121
    2　塞翁が馬　122
    3　ベートーベンの第九　124
    4　小さな命　126
    5　逆立ち男　127

VII　竜の落し子 ……………………………………………………… 131

    1　赤とんぼ　131
    2　ぶきっちょな手　133
    3　竜の落し子　135
    4　触れる　137
    5　隔世の感　139
    6　古着　141
    7　12月8日　朝の仏たち　143
    8　欲望の玉手箱　145

VIII　影法師 ………………………………………………………… 149

    1　星は生きている　149
    2　道化師　151
    3　小笠原　152
    4　微速度撮影　153
    5　脳髄が過密　155
    6　影法師　156

Ⅸ　死の上にかける橋　………………………………… 161

　　1　実りの初夏　161
　　2　美しいソプラノの歌手　163
　　3　結婚風景　164
　　4　自画像　165
　　5　白い鳥　166
　　6　世紀末　168
　　7　死の上にかける橋　169

Ⅹ　A Bridge over Death　………………………… 171
　　　　　　　　　　─Minoru Tanaka
　　　　　　　　　　（Minor Rabbit）

田中實の詩と画の宇宙　……………………………… 205
（舞汝羅人）

　　詩集『凡愚　羅人どん』(2016)について　……………… 207
　　　　寸　評　三上紀史　田仲　勉　阿出川祐子
　　　　　　　　網代　敦　鈴木　聡　中村雄大
　　　　　　　　柴田陽弘　三輪和子　三島チカ子
　　　　　　　　窪庭孝子　浦磯明実　土井俶子

　　詩集『迷夢　羅人どん』(2015)について　……………… 213
　　　　寸　評　三上紀史　田仲　勉　中込祥高
　　　　　　　　菅野徳子　三島チカ子　駒村利夫
　　　　　　　　中村雄大　新井よし子　土井俶子

詩集『道草　羅人どん』(2014)について ……………………………… 217
　　寸　評　三上紀史　　田仲　勉　　網代　敦
　　　　　　三島チカ子　　中村雄大

詩画集『シェイくんの夢　スピアんの芸術』(2012)について …… 220
　　寸　評　谷口哲郎　　菅野徳子　　三上紀史
　　　　　　田仲　勉　　網代　敦

詩画集『逆立ち男』(2004)について ………………………………… 222
　　寸　評　長崎吉晴（勇一）　　三上紀史　　阿出川祐子　　網代　敦

詩集『竜の落し子』(1989)について ………………………………… 226
　　寸　評　高杉玲子　　熊澤佐夫　　ほか

詩集『影法師』(1983)について ……………………………………… 233
　　寸　評　三上紀史　　ほか

詩集『死の上にかける橋』(1981)について ………………………… 237
　　寸　評　田仲　勉　　ほか

西脇順三郎序文（カラー写真）………………………………………… 242
あとがき ………………………………………………………………… 245
著者紹介 ………………………………………………………………… 261

My days among the Dead are passed;
Around me I behold,
Where'er these casual eyes are cast,
The mighty minds of old:
My never-failing friends are they,
with whom I converse day by day.

—Robert Southey *The Scholar.*

Ⅰ　絵空事　羅人どん

　　シャボン玉に願いを

春は気まぐれ　儚(はかな)いシャボン玉に願いを
小さな夢を託(たく)す
シャボン玉に絵空事を夢見る
シャボン玉を吹いて飛ばした瞬間
シャボン玉が夢を追うかのように飛んで行く

その上空に小さな虹が現われた
羅人くん　小さな虹にひそかな夢を託す
シャボン玉は風に乗って　ふわりふわり
庭の垣根を越え　さらに高く飛んで行く
見えなくなるまで見守る

シャボン玉は羅人くんの口先から
次から次へと飛んで行く

シャボン玉は儚(はかな)くて可憐
幼い羅人くん
シャボン玉に乗って　空を飛びたい
紺碧の空に溶け込みたい

シャボン玉は青空にお似合い
風に乗り飛んで飛んで消えて行く

シャボン玉は夢製造の母体の石鹸から
際限もなく作られる
かろやか　シャボン玉人生

悪戯っ児(いたずらこ)

小学校4年のころ
次の時間が理科というとき
先生が休み時間に早めに
授業用の真空管ラジオを
教卓に置いて行った
羅人くん　教卓のそばに行き
真空管をいじって　ねじって
壊(こわ)したらしい

授業が始まり先生が来て
教卓の真空管を見る
ダレだ！　真空管を壊したのは？
烈火のごとく　怒鳴り声
教室が破裂しそう
手を上げなさい！　こわいこわい先生の声

羅人くん怖気(おじけ)づいて　内心ぶるぶる
手を上げるどころではない
身じろぎもせず　頭の中は真っ白
心のうちで　ぶるぶるが止まらない
だれも手を上げる子はいない
あたりは恐怖の霧に包まれて

先生の怒号は止まない
教室内はシーンと静まり返っている
しばらくして　何と
竜ちゃんがすっくと立ち上がる
自分がやりました　ごめんなさい
と身代り発言
竜ちゃん　羅人くんが休み時間に
教卓に行き　真空管をいじっている姿を
見ていたのか　羅人くん　ただ茫然自失
先生は拍子抜け
よし　いいから　すわれ　とひと言

実は竜ちゃんと羅人くん
２年前から特別の縁
２年生のとき　雨の日の放課後
羅人くん　帰ろうとすると
竜ちゃん　カサが見つからない　と言う
羅人くん　一緒になって探してあげた
そのことを羅人くん　作文に書いた
担任の先生の目に止まり　誉（ほ）められた
羅人くん　竜ちゃんとはそれ以来特別の仲

悪戯（いたずら）っ児（こ）羅人くん　凡愚羅人くん
A friend in need is a friend indeed.

鳥さんたち　色取りどり

脳が大きくなった生きもの　ヒト属
homo sapiens は19世紀までは
鳥さんたちを羨ましがり　大空を飛ぶのが夢
鳥さんは恐竜さんから進化　恐竜さんの子孫
鳥さん　体を軽くして行き
体は飛ぶために進化した
ヒト属の手にあたるところが翼
20世紀に入り　ヒト属の夢の飛行機実現
これ鳥の皆さんたちがお手本

ここ　野鳥の保護区域　サンクチュアリ
鳥さんたちの夢の森　楽園
野ばなしでは　鳥さんたち　絶滅危惧

保護されない鳥さんたち
ヒト属の文明との摩擦が起こる
鳥さん　ビルの透明の窓に衝突することも
燕さん　鳩さん　駅の軒に巣作り
鳥の糞に御注意　という札がさがることも
鳥さんたち　ヒト属との共存　sanctuary

文鳥さんはヒトによく飼われ　よく慣れる
家の中を飛び回り飼い主の肩に止まったり

世中の鳥の半分以上が　雀や鴉の仲間
雀や鴉はヒトの住む土地に棲む
日本の鴉はハシブトガラス
ハシブトガラスは嘴が太い
ハシブトガラスは知恵もの
固い地面に貝を落として　中身を取り出す

川蝉は体の上部は暗い緑青色
背中や腰のあたりは見事な空色
川蝉はオスがメスに食べ物をプレゼントして
求愛する　チッチーと鳴く
木の枝に止まったり空中の一点に止まって
魚を探す　ホバリング　hovering
昆虫だってヘリコプターだって hovering する

　隼さん　大きさは鴉さんぐらい
急降下するとき　時速300キロ　鳥類最速
隼さん　ヒト属の数倍の視力

郭公さんて　頬白さんや大葦切さんに托卵
同じ巣の卵より早く孵る　ずるい　狡猾
ほかの卵を背中に乗せて外に放り出しちゃう

盗賊カモメは他の鳥が取った食べ物を
横取りする　他の鳥の卵なども盗む

笑い川蝉は鴉くらいの大きさで
蛇を丸飲みしちゃう
コーコー　カカカカ……と鳴く
ヒトの笑い声みたい

8 ｜ 絵空事　羅人どん

ヒトさまのsanctuaryは現代版駆け込み寺
We cannnot get into the sanctuary in others.
Every bird likes its own nest best.

絵空事　羅人どん

19歳の春　羅人どん畳の上に寝転びながら
山にもぐって絵でも描いて一生暮らせたら
いちばん　いいんだけどなあ
と呟く

お袋さん　これを聞いて
ほんとにまあ　そんな絵空事を言って
仙人でもあるまいし
霞を食って生きてはいられないよ
トンマな子　と一蹴された　羅人どん
お袋さんは絵空事に対するクセ球を
ぼんぼん羅人どんの脳天に叩きつけた

画家が絵を描く時は写真を撮るのとちがい
実物をそのままリアルに写すわけではない
写実にせよ　半抽象にせよ
画家自身の何らかの作意が込められる

絵空事っていえば物事の虚偽や誇張が顕著
絵空事って　架空の作り事
絵描きさんは　現実に距離をおいて
実際の存在以上の芸術美を創造する
現実に存在しない色や形のものまで描く
大仰な表現はみな絵空事

絵というものは現実の姿とはちと違う
誇張がある　とり立てて美化される
実際にはありもしない世界
夢想だ　世迷い言だ　とんでもない空想だ

太平洋戦争中　田舎に疎開していて
小学5年のとき　同じクラスの疎開っ子
Kくん　うちはトラックが5台あるんだ
オート三輪が3台ある　とか大ほらを吹く

友だち　ウソくさいと思いながら聞き入る
羅人くん　Kくんの話を聞き羨ましがる
竜ちゃんが面白がって　証拠を見せろ
と言っても　はぐらかされた
日本が戦争に負けて
何もない貧乏のどん底のころのこと

絵空事を言うKくんがそこにいなくなって
友だちみんな　小さな夢
大きな夢を語り合った

羅人くん　大人になったら
トラック10台買うぞ　と息巻く
大もうけしてやるんだ　と意気込んだ
得意満面　事実そっちのけ
空想して楽しんでいる

何もない時代　たとえ作りごとでも
でたらめでも　絵空事を友だちに放って
疑似快感　欲求不満の解消

疎開っ子Kくん　絵空事を放ったまま
さっさと東京へ帰ってしまった
友だちみんな　あっけにとられっ放し
おどろき　あきれたままの同級生たち

絵空事といえば　ケロやんは傑作なやつ
初秋　9月末ごろ　中学2年生
美術の先生と写生に出かけた
みんな思い思いに郊外に出て
風景とにらめっこで写生

羅人くん　さりげなく
ケロやんの絵を盗み見する
どこを見ても　まだ紅葉ではないのに
燃えるような秋景色を先取り　神妙に
見事な絵だ　傑作だ

羅人くん　自分の写生している所に戻り
ケロやん式に　紅葉を創作
でかした！　と思った
が　どうもリアリティが乏しい
実に　山火事みたい
羅人くん　これを機縁に
ヒトマネに　金輪際懲りた

秋の深まるころ　羅人くん
虫の音と題して　絵筆を揮(ふる)う
黒と黄が主調のアブストラクトな絵
これが地区美術展で入賞　悦(えつ)に入(い)る
これこそどこにもないオンリー・ワンの絵
なぜか　羅人くん
自由奔放な　美術のS先生に可愛がられた

詩人　西脇順三郎さん
若いころ　画家を志(こころざ)した
有名なY画家のところへ弟子入りすべく
挨拶に出かけた　その固い決意たるや本物

生涯　順三郎さん　絵も描き
立派な画集も遺(のこ)している
不思議なことに　その絵はすべて具象画だ
難解な詩を書く順三郎さんが
絵を描くのは詩作の後の息抜きなのかも

順三郎さんは　現実はつまらないと言って
超自然の詩を高齢になっても書き続けた
最晩年には詩の創造の世界に浸りながら
今は超自然ではなく自然です　とポツリ
詩の世界は好い意味での絵空事といおうか

卯の花が　夏になって再び狂い咲いた
深夜に咲いた羅人どんの言の葉
懐中電灯がともる床の上にポエジーが漂い
朝になって　詩の言の葉の断片を読み返す
寝ぼけた言の葉　ちらほら
何だ！　この言の葉　支離滅裂
と羅人どん　己(おのれ)を悪(あ)し様(ざま)に叱咤(しった)する
バラバラに乱れて　メチャクチャ
統一性が乏しい　無残な自虐的敗北感

己は絵空事族か　詩人は絵空事族か
昔から　詩を作るよりは田を作れだ
羅人どんにとって　詩は神さまか仏さま
ソロバン勘定のない世界

ときたま　脳髄から　むっくり
無類のフレッシュな言の葉が起き上がる
やがて　羅人どんの詩的な言の葉が
とめどない泉のごとく沸き起こる
アート心は突っ走る
言の葉の岸辺から　氾濫し　洪水となる
言の葉のインフレ
アートは異端者の jewel box
アートは marginal man の憩いの場
次々と花を咲かせるベゴニアか
ノウゼンカズラのよう
Just imagine or fancy where the unreal,
mysterious world is.

両神山頂上に立つ

羅人どん　初秋に
脳髄のなかの雲行きが低迷
なんとかしたい
折しも　台風シーズンと重なって
気が重い

ヒトは都会にあっても
竜ちゃんのような深刻屋さんにとって
毎日が生死の葛藤

たしかに死は人生最大の恐怖
あれやこれや死をめぐって
神さま仏さまが活躍する
凡愚の輩は　神さま仏さまを
さりげなく頼りにしている

羅人どん　生に忙殺されて　死を忘却
そして死を永遠のかなたへ追いやる
死の神を消し去るには　エネルギーがいる

死は生より神妙にして　静寂
ヒトはひとかけらの永遠すら憧憬する
永遠の今　一瞬一瞬を味わう

そんな時　羅人どん
ようし　山に登ろう　と握り拳で決意
若い頃　友達数人と登った両神山へ再挑戦
竜ちゃんを誘って２人で挑む

秩父多摩国立公園の北の端にある両神山
標高1723メートル
山頂あたりは鋸(のこぎり)の歯のような岩山
むき出しの岩が吃立して向かい合っている
愛犬アミちゃんの死をしのびながら
一歩一歩　大地を踏みしめ　登って行く

この近辺で岩山は珍しい
足元の岩場の石ころが　ザラザラ
砂とともに　崩れ落ち
足をすべらし　体がふらつき
一瞬ひゃっとさせられ
体から血の気が失せた
おお　天よ　地よ

全身汗みどろ　鎖を頼りにようやく頂上へ
眼下に断崖絶壁
はっと足を踏みはずせば　滑って転落
町なかの雑踏を歩くような孤独感はない
山の中では　自然の懐に包まれて
自然の恵みがあるのみ　自然が友

大自然の中の　ひと粒の点　羅人どん
広大な自然の営みに包まれている羅人どん
優しい自然　厳しい自然

山頂での山々の威容を眺めながら活力が甦(よみがえ)る
命の危険を侵(おか)して　１つの山の頂点に立つ
人間くささのない自然　眼下の草花　鳥の声
天空を仰ぎ見ながら
都会の喧噪(けんそう)を忘れ　竜ちゃんと握手

This mountain climbing is like a climbing
to the Alps to amateur mountain climbers.

サロイアンの joie de vivre

羅人どん　20代のころサロイアンさんに
惚れ込んで　のめり込んで　愛読
サロイアンさん　あなたの作品に
親しんでから半世紀あまりが過ぎました

今また『人間喜劇』や『わが名はアラム』
などの懐かしい想い出に耽っています
サロイアンさん　お久しぶり
あなたの人間種族への全幅の信頼

祖国を失ったアルメニア系アメリカ人
作家として活躍
1934年　世界大恐慌のさなか
『曲芸ブランコに乗った若者・他』
という短編集にてサロイアンさん世に出た
作中の若者　the Great Depression
のあおりで　ただ今　失業中

生きていると感じられるのは眠りの時だけ
若者の夢の世界が紡ぎ出される
シュルシュル　シュール　超現実
生きながらの死　living-dead の若者

若者は不安と孤独に悩まされながら
生か死か　人間世界の不条理を
乗り越えて行くしかない

この文学青年の思い残すことは
シェイクスピアの『ハムレット』と
マーク・トウェインの『ハックルベリ・フィン
の冒険』を読み直すことだけ

世界のヒトたちはみな自分自身の変形
doppelgänger
ヒトを疑う前に
どんなヒトにも　善い面があるんだと
お人好しサロイアンさん

『君が人生の時および他二編』の序文で
世の中には互いに異なり矛盾する立場の者が
同時に存在する現実があるとサロイアンさん
あくまで　生を否定しない

お人良しと言われようとも
善を施し気分が高揚するなら
それこそ　生の悦びだ　とサロイアンさん
joie de vivre　万歳

戯曲『わが心高原に』では
年老いた放浪の旅人がロバート・バーンズの
「わが心高原に」をラッパで奏でながら
前に世話になったアレクザンダー家を訪ねる
だが疲れ果てた老人は心はなお高原に
ありながら　この世を去ってしまう

サロイアンさんの分身ジョーは
お金持ちになるが
貧しい劣等感を抱くヒトたちの心を
傷つけてしまう

サロイアンさんの詩心は
現にありそうもない話の中に
人間性本然の姿を描き　夢を描いている

サロイアンさんが求めているものは
ヒトとヒトとの間　ヒトと宇宙との間の
ハーモニーにかもし出される生の悦び

サロイアンさんは『人間喜劇』を書いて
生の悦びを謳歌する　大手を拡げて

だれしも joie de vivre を求めている
だが人生には打ちひしがれる現実が数多ある
疑心暗鬼が首をもたげ　立往生
喜びと悲しみが振子時計のように揺れている
Mixed emotions of pleasure and sadness
are human friends.

生老病死諸君

広大無辺の宇宙には　自ら発光する恒星
と呼ばれる　お星さんが　1千億とか
2千億とかある
地球さんに欠かせない太陽さんもその1つ

この地球さんという惑星さんに生命誕生
人工生物学では遺伝子の組み合わせで
全く新しい生物が作られるとまで
言われるけれど

ヒトの赤ちゃんがオギャーと生まれてくる
誕生の悦びはまたこの世の苦しみの始まり
ヒトとしてこの世に生を得ることは
難行苦行の始まり　とお釈迦さん
この世は苦娑婆　生は悩み

新生児は泣き声を出して母親に訴える
泣くのは　赤ちゃんの苦行の表現？
赤ちゃんの仕事？

嬰子(みどりご)は天使のように微笑みを浮かべる
この世の夢のような未来を
スマイルで賛美しているのかも
epicurean にならないまでも

生老病死　四苦
宇宙の万物流転の中では　生はほんの一瞬
ヒトは生まれて　瞬（またた）く間に
浦島太郎のように老いる
生と老との間には　苦もあり楽もあろうに

老いは単に苦しみか
羅人どんの知人　ニュージーランドの
Mr.King の老母は
Old age is no good. と宣（のたま）う
婦人参政権を西欧諸国に先がけて
日本よりも早く　認めた国なのに
老い甲斐を見つけないと
有終の美は画餅（がへい）に帰す

老いて身心が老化して
ヒトは病魔に襲われたりする
病くんは侮れない
生ある者の不可避の苦しみ
車のパーツが疲弊してガタがくるように
ヒトは生くんとたたかい老くんとたたかい
病くんとたたかう
老くんと病くんが現代的課題

終着駅は死の恐怖と苦しみ
枯れ木が倒れるように　ヒトは独りで逝く
言ってみれば死の苦しみは生の苦しみ
老いて初めてやってくるものではない
死くんは生くんと表裏一体
Birth, aging, illness and death
are four inevitable, uncomfortable sufferings.

ボブ・ディランさんへのオマージュ

ディランさん　ノーベル文学賞おめでとう
ディランさん「風に吹かれて」(*Blowin'
in the Wind* (1962)) をギター弾き語りで演奏
フォーク・シンガーとして登場

　どれほどのヒトが死ねば
　かくも多数のヒトが死んでしまっているのを
　認めるのか
　友よ　その答は風に吹かれている
　その答は風に舞っている

Blowin' in the Wind が反復されて意味深長
含蓄のある表現　ずばり解答を表していない
聞き手（読み手）にその意味解釈を委ねている
「風」(wind) という言葉は日本語でも象徴的
詩的効果をもたらす語

「風」は日本語で「風の便り」と言えば
風にのって　とか　どこから来たのか
わからない　微かな気配
曖昧にぼかした　暗示的な表現

ディランさん　草の根に　大地に
足をおろして　庶民の中へ歌を届ける
どこか黒人霊歌と通底するメロディ
そこに求めるものは equality
ヒトとヒトとの固い握手

ライク　ア　ローリングストーン（Like A Rolling Stone（1965））
を発表
ボブさんのフォーク・ロック時代

　気分はどうだね
　宿無しで
　すっかりヒトから敬遠されて
　転がる石ころみたいな暮らしは？

この歌詞はとてつもなく長い　36行もある
上掲の４行と類似の詩行が４箇所に出てくる
全く同一のリフレインではなく
少々趣きを変えて

ディランさんのLike A Rolling Stoneで
先ず想起させられるのは
　　A rolling stone gathers no moss.

イギリスでは　転職ばかりしていると
ロクなヒトになれない──苔が潤いあるもの
貫禄を暗示
アメリカでは正反対の意味　好い経験になる
転職は貫禄がつく　という好い意味
ディランさん　この諺の発生以前の
素朴な意味での　a rolling stone を
配慮しているのかも

ボブさん　限りなく広がる大地を
放浪するアーティスト
ギターだけでなく　ピアノも引き
ハーモニカも吹く　絵も描く

ボブさん　頭から足の先まで　丸ごと詩人
心身一如　今日風の吟遊詩人
ボブさん　「いつまでも若く」(Forever Young (1970)) と題して
日々新たに　はじまりの日を
絵本に託して　息子さんに語りかける
肝に銘じて　子供の成長を願う

自分を掘りさげ (Dig yourself)
ひとり自分を楽しめ　と息子さんに夢を託す
いつの日か息子さんの夢が実現するようにと祈る
息子さんがまわりのヒトビとと
助け合って行けますように　と祈る

ユダヤ系アメリカ人のディランさん
古来2000年の長きにわたって
ユダヤ人は祖国を追われたまま
世界中に散らばり　放浪してきた民族
ディランさん　キリスト教に改宗（1971年）
旧約聖書はユダヤ教の聖典
かくして　ディランさん　人種を越えて
宗教的にも一層の universality を獲得

ディランさん　ピュリッツァ賞や
大統領自由勲章を受賞
オバマ前大統領も　ディランさんファン

ディランさん　本の虫
シェイクスピア　ヘミングウェイ　T・S・
エリオット　ランボーなどを乱読
彼はいつも音楽の中にいる
ビートルズ　ローリングストーンズ
エルヴィス・プレスリーと肩を並べる
ディランさん　ロックの歌詞に
初めて物語性を取り入れる

ディランさんには　優しさが根底にあるが
インタビュー嫌い　写真嫌い
意外にシャイな男
今回ノーベル賞受賞式には
先約があって欠席
結局　後日賞を受け取った
まずは　めでたし！

高村光太郎さんの苦悶と愛惜と

詩人・彫刻家の光太郎さん　男の中の男
多面体のヒト
伊藤整さんは21歳のとき第1詩集『雪明り
の道』を出した
当時華々しく活躍していた光太郎さんにも
詩集を送った
この高名な詩人から貴君の詩には pathetic な
情緒があると好意的な評をもらって悦ぶ

なにしろ光太郎さんて　正直な真っ直ぐなヒト
『道程』(1940) や『智恵子抄』(1941) で
絶唱の巨峰
戦争詩・愛国詩 (1939−45) を数多く書き
国民的詩人の名声⁉　戦後自己批判
敗戦直後の1945年10月に戦争賛美を反省
光太郎さん　文学者の戦争責任を
人一倍痛感

戦後岩手県花巻町のとある山小屋で
ひっそり農耕自炊生活
光太郎さんにとり生命は大河のよう
ヒト属の行く道は途絶えることはない
光太郎さん　骨格たくましく
原始からの集合的無意識の生命は
燃え盛る巨木のごとし
ニーチェ的伝統的神は死んでも
運命の神は健在

光太郎さん　デクノボー精神で
庶民に仁愛を注ぐ宮澤賢治さんに魅了される
伊藤整さんが認識論的な生き方なら
光太郎さんは求道的な生き方だ
光太郎さん　自然を信じヒトの生命力を信じる
そんな所に奇蹟(みらくる)のように智恵子さんが現われる
智恵子さん　光太郎さんが
彫刻に女性のモデルを使うのを
心よしとしない
智恵子さん　17歳のモデル女性の若さに敗北
智恵子さん自身がモデルに立つことに

智恵子さんはロマン・ロランやロダンに
心酔する光太郎さんに心惹かれる
智恵子さん　「元始　女性は太陽であった」
で有名な平塚雷鳥の「青鞜(せいとう)」に関わる
智恵子さん独自の生きた証しを残すべく

　僕の前に道はない
　僕の後ろに道は出来る
　　　　　　　　　　　——『道程』

と光太郎さんは詠じ　前途多難を示唆
「智恵子抄」では「東京に空がない」「ほ
んとの空が見たい」という智恵子さんの
心を謳っている
光太郎さん　智恵子さんとの巡り会いにより
ヒューマニズムに目覚め
理想主義的な生き方を希求

見栄坊な　小さく困まって　納まり返った
　　猿のような　狐のような……日本人

と自己卑下めいた詩を表白

光太郎さんの父は下町の彫物師
光太郎さん　この一家の長男として生を受ける
小学校低学年の頃　日暮里小学校に在籍
戦前戦中羅人くんも同じ日暮里小学校に在籍
光太郎さん　30歳すぎても父親の代作
父親に似ていない愚かしい放蕩息子と囁かれ

光太郎さん　31歳の時　詩集『道程』刊行
間もなく智恵子さんと結婚
虚無的頽廃的だった光太郎さんは救われる
デカダンを捨て　生に意欲的となる

智恵子さんの勝気なエゴイズムがちらほら
光太郎さん　病弱な智恵子さんへの愛情と
彼女のエゴの受容との
アンビバレントな感情を抱く
光太郎さんと智恵子さんは　そもそも
同じアーティスト的志向をもち合わせた
いわば同志　戦友

光太郎さん　男女の交わり　性愛を
スピリチュアルな行為だとして詩に謳う
智恵子さんは女流油絵画家の道を進み
新しい女として　女性誌『青鞜』の表紙絵を
描いたりして　アーティストとしての悦び
と苦悩を味わう

智恵子さん　心の病は進むが　心は澄み
尾長や千鳥が彼女の友だち
智恵子さん　美しい千鳥と心が和して
いっしょに空を飛ぶ
智恵子さん　ヒトであることを卒業

The soul's dark cottage, battered and decayed
Let's in new light through chinks that Time has made:
Stronger by weakness, wiser men become
As they draw near to their eternal home.

—Edmund Waller *Old Age.*

Ⅱ　凡愚　羅人どん

羅人くん　人攫(ひとさら)いに

羅人くん　小学２年生の春
日暮里の家から上野動物園まで
独りで歩いて行くぞ　と決心
お母さんから　人攫いがいるから
知らないヒトに　声をかけられても
ついていっちゃダメよ
と忠告され出発

途中ぶらぶら寄り道をして　オバケ煙突を
遠く眺めたりして　上野動物園近くの
街角で　電信柱の陰から　ヒゲもじゃの
髪の毛ぼうぼうの　ゴリラのような顔の
知らないおじさんが手招き

羅人くん　誘惑に負けて近づく
左手を掴まれ　抱き上げられる
お菓子を買ってきてあげる　待ってて
と言うおじさんの言葉

羅人くん　はっとお母さんの言葉を
思い出す　隙を見て脱兎のごとく逃げ出す
上野動物園まで　息も切れ切れに走った
これって　好奇心に満ちた羅人くんの
最初のこわーい体験

やっとのこと無事到着した　動物園では
色々の動物を独りで見て楽しんだ

するとその時　羅人くん　同級生の竜ちゃんに
ばったり行き逢う　竜ちゃん　象さん見て
ぼく象さんになりたいな　と言う
羅人くん　学校で動物の話が出たとき
弥生ちゃんが　あたしキリンさんになりたい
と言ったのを思い出す
羅人くん　ぼくウサギさんになりたい
と心の中でつぶやく　臆病なウサちゃんだけど

ウサギさんはカメさんとの競争に負けたけど
ジャンプ力がすごくて　足が速いし
気ままに休んで寝たりして
自由がいっぱいありそう
羅人くん　そんなウサギさんの遊び心が
すごーくお気に入り

過つはヒトの常

小学校のころ　埼玉の田舎に疎開中のこと
教室でＫくんが東京に帰ると挨拶する
父親が品川でまたクリーニング店を
営むために帰ると言う

Ｋくん　級友の前でお別れの挨拶をして
席へ戻りながら　涙していた
羅人くん　Ｋくんに　どうしたの
かぜ引いたの　と声をかけた

これを聞いて　担任のＦ先生
羅人くんは察しが悪いね　と苦笑
鈍感な羅人くん

羅人くん　今日は日曜　釣り日和
Ｍおじさんと小川で釣りを楽しむ
川が増水して　小さな橋の上に川藻が
浮かび　橋が見え隠れしている

羅人くん　橋を渡りそこない
川にどぶんと転落　あっぷあっぷ　もがく
Ｍおじさんがすかさず飛んで来て
無事救出！

羅人くん　夏休みに隣町の親戚まで独りで
子供用自転車をこいで出かけた帰り
急いでいたため　幼児にぶつかり転倒
させてしまった

そのまま走っていると
お兄ちゃんが追いかけてきた
羅人くんは捕まり　黙って俯いていた

お兄ちゃん　小さな羅人くんを見て
何も言わずに　黙って引き返し
帰って行ってしまった
To err is human, to forgive divine.

自分の名前が難儀

ヒトが生まれると　名前がつく
親の自由な権限で
どんないきさつで　羅人くんの本名が實と
名付けられたのか　聞きそびれた
小学生の頃　自分の名前を書くのが苦手
名字の田中は画数が少ないのに實は多すぎ
書くと田中に比べて實の字が大きすぎ

戦後　当用漢字とやらが生まれて
實を新聞等で実と書くようになりほっとする
世に田中実は沢山いて困ることが起こる
大人になってある本を刊行　気づかされた

その出版社から次のような電話
同姓同名のヒトがいる　整理の都合上
生年月日を国会図書館に聞かれたので
教えてほしいと

思潮社社長の小田久郎氏が名前に旧漢字が
はやっていると言う　それ以来　實を復活

ある年　選挙で投票に出かけた時のこと
受け付けのヒトが名前を見て
タナカ　カンさんですね　と言った
實を寛と間違えるヒトが時々いる
實の字が新聞等では使われていない
こともあって　手紙でも間違って
寛の字で来ることがある

實という字を見て　何と読むんですか
とよく聞かれる
若いヒトには見慣れない字のようだ

羅人どん　還暦を過ぎたころから
日常的に實の字を復活させて使っている
心の隅(すみ)に　閑(ひま)の空白が生まれたからかも
年輪を重ねるにつれ　ヒトはその名前に
實質が近づいていくとの話

羅人どん　一向に実る気配がない
豊穣な果実の秋をいまだ満喫するに至らず

凡愚　羅人どん

明けて新春　とろとろ夢の中
玄関で　年神を迎える門松の薄笑い
迎春の夢朦朧　羅人どん

羅人どんのところへ
天上界で大暴れして
多くの困難克服した　珍客来臨
サルスベリの木の股に
石から生まれた怪猿
孫悟空殿　いらっしゃい！

朝寝坊で寝ぼけ眼の　凡愚　羅人どん
仙術大神通力のお裾分け祈願

家の門に猿回しが立つ　doozy！
猿の尻笑い警戒　愚鈍な羅人どん
おのれの愚行を笑うしかない
すべてを笑い飛ばせ　愚蒙な羅人どん

ニューアイディアもままならず
滑って転んで傷つく　愚昧な羅人どん
おのれの愚行を苦笑
断じて　猿まねだけは唾棄！　羅人どん

寺の門前に鬼が住む　doozy！
The devil lurks behind the cross.
Minor Rabbit admits Satan's existence.

行雲流水と無為の老子さん

1

行く雲を眺めているうちに
からだが　だんだん軽くなって
ふわっ　と宙に浮いたような気分
ふわふわ　心が雲のなかへ飛んでゆく

利根川の流れが下に見える
　　　大利根の流れを下に見　きみは飛ぶ
まるで大蛇のように
くねくねと続く大河
入道雲と睨めっこ

あるがままなる雲よ　水よ
　　　啓蟄の空にてきみは呼びかける
　　　雲よわが友　水よわが友
ただ流れる川を見つめる
ただ行く雲を追う
きみは水になって　どこまでも
どこまでも流れてゆく
やがて海まで流れつく
海はうねったり　うたたねしたり
きみは蒸発して　目指す山の上空に
風にたのみ　雲に運んでもらうんだ

山の上空についたら
雨を降らせてもらうんだ
きみのたのみを受け入れて　雲は行く
あのアルプスの牧場の上を　雲は流れる
　　　夏空や
　　　この空　きみとぼくのもの

　　　　　2

老子さん　儒学の祖　孔子さんと
時を越えてライバル
孔子さんが求道者なら
老子さんは認識者

老子さんが生きた春秋時代（約360年間）は
乱世が続く　老子さんは在野人
老子さん　この時代を風刺して声を上げる
当代政治を皮肉り　孔子さんの派閥をけん制
愚民政治を誉めそやすかのごときサタイア
老子さん　寸鉄人を刺すの小気味よさ
老子さん　ちとへそ曲がり　偏屈男

老子さん　愚者と謗（そし）られようと　われ関せず
老子さんの無為自然はあっぱれ
行雲流水の心地
川の水が高きから低きに流れるように
時の流れに逆らわずに生きる
自然に則った生きかた指南　現世超越

物事にこだわりを持たず
何事にも執着せず　あえて求めない

老子さんのニックネームは隠れ哲人
名もなき隠者

大器は晩成すると豪語する

老い　キケロさんほか

風にそよぐコスモスに見とれる　羅人どん
ふわふわ　心の襞に寂寥感
秋が深まり　枯葉がひらりひらり舞い落ちる
空蝉がサルスベリの花びらの
積もった地面に埋もれている
そんな時　羅人どん　キケロさんに会いに行く

舞汝羅人(まいならびっと)（Minor Rabbit）と申します
キケロ先生に「老いとは」というテーマで
お話をお伺いしたいのですが
少しでも内面豊かに賢くなりたいと思いまして

古代ローマの多才で雄弁な哲学者キケロさんに
面会して　羅人どん　いささか緊張
2000年前の哲学者キケロさんにインタヴュー

哲学とは　知恵を愛することか　philosphy
キケロさんは　当時枢要な学問である文法や
修辞学　ギリシャ語などに精通

老者は何をしたら良いのでしょうか
と同席していた蛙の化身ケロやん
老いるにつれて　楽しみごとが少なくなって
若者ほどのときめきが無くなりますので…
老い甲斐なんて無いもんでしょうか

年寄りの冷や水というか　老者が
似合いもしない危なげな冒険を試みたり
出すぎた行動に出てしまうことだって
あるかも　と羅人どん　心の中でつぶやく

老いの一徹で頑固に意地を張るのもどうかな
そこへ羅人どんの友達の竜っちゃんと
弥生さんが顔を出す

今やこの３人とも老者だ
それぞれ老いを模索しながら
時に味わいながら生きる
ともかく老い甲斐を求めているようだ
それは小さな幸せ　満たされた心　充実感

酸いも甘いも経験済みの老者
老いさらばえの身　快楽なぞ敵にまわしても
好奇心だけは人後に落ちない　と羅人どん
curiosity にかけてはまだまだ旺盛

竜ちゃんは　この世に生まれ
天を仰ぎ空気を吸っているだけでで歓喜だ
人生は無だなんて愚の骨頂　と怪気炎

花咲爺さん　枯木に花を咲かせたぞ
欲深爺さん　愚かにもヒトまねに失敗

キケロさんいわく　年をとる惨めさは
あれやこれやの仕事から退き
快楽から　おおむね遠のき
死神がちらほら立ちはだかり
誘惑することだ　と

体力や無鉄砲さは青年たちの特権
分別や思慮深さは超成人の老者が優勢
老齢になれば野望や嫉妬や欲情などが
薄れてゆく　とキケロさん

木の実が熟せば　地に落ち
やがて芽を出すように
羅人どんいわく
成熟というやつが老者から命を奪取するんだ

キケロさんが言うように　賢明なヒトは
心乱れず平静な死を迎えるだろう
老いれば死が遠くない　と諦観の境地

愚かなヒトは　乱れた心のまま死を迎える
この世はわが住処というよりは仮の宿
とキケロさん　鴨長明さんが微笑み握手

自然はこの地上にヒトが永住することを認めない
一時の滞在に際して宿を用意してくれたのだ
と　キケロさん　観念したのか　悟ったのか

羅人どん　夢枕に死神が現れて
はっと　目が覚め驚嘆する
老子流の行雲流水の良薬により
いつも死神を眠らせておこう

碧空に白い雲が　静かに東へ流れて行く
大河の水が　川上から川下へと流れて行く
上流から下流へと変わる景色の豊かさ

夢や希望は若者の特権か　老い甲斐だってある
老いにより年の功で　経験がものを言い
何かふっとプレシャスな知恵が
老い甲斐の知恵が　口からこぼれるものさ

老者が生きるに値するのは
老いても夢を追いかけること
肉体的には　滅びゆくプロセスだけれども
長年の経験が培った知恵を生かしつつ
生を見つめ　生を味わいながら　生きる

ケロやんの母は　90歳を過ぎても臨終の床で
死を恐れ　命を惜しみながら　この世を去った
竜ちゃんの父は　病床にあり羅人どんが訪ねると
弱々しく　老衰ですよ　と諦観モード

竜ちゃん　老者に仲間入りしても夢想癖健在
彼にはそこはかとなく寂寥感が漂うけれども
竜ちゃん　昨日よりは今日はましな生を
日々新たに　と自分に言って聞かせる

羅人どん　せかせか　せっかち
落ち着け落ちつけ　と自分を戒める毎日
ハムレット流に煩悩に苛まれ（さいな）　愚考
愚行の日々で　悔いることしきり

愚生羅人どん　欲望や嫉妬を払拭しきれず
人生の持ち時間を　時々刻々けずり取られて行く
骨身を削られる思い　勇気が少量になり及び腰
煩悩の呪縛から逃れられないままの凡愚の輩

自然が最高のリーダー
よってヒトは自然に従うが良い　とキケロさん
宇宙の秩序　自然に服するほうが心安らか

晩年　西脇順三郎さんは昔は超自然
今は自然　ともらした
生きとし生けるものは老いさらばえて
娑婆をさりげなく　自然に去り行くのみ

老子さんは無為自然で自ずから成る生
天地無為　でも何かを成している

天の声　地の声　ヒトの声
ヒトは他のヒトの犠牲の上に成り立っている
ヒトに迷惑をかけずに生きられたら幸せ
と伊藤整さん

りんごは赤みを帯びて行き
よし　実ってやるぞなんて　意識していない
突っ張っていない
種から芽が生じ　葉が生じ　枝が生じ
数年たてば立派な木になり
りんごの実を実らせるのだ

芭蕉さんの宇宙

芭蕉さん　幼名金作さん　ごきげんよう
金作さん　13歳で父を亡くしている
芭蕉さん　成人してから
俳諧屋さんたち必須の旅人生のお手本
歳月は旅人なんだ　月日も年も過客

芭蕉さんは　いつも羅人どんの胸のうちで
髣髴として息づいている
江戸幕府成立から40年後に生まれた
今から300年以上前のヒトなのに
俳句は座を設ければ花が咲く
世界最短詩形のアート

芭蕉さんて　宇宙と呼吸が調和している
芭蕉さんの　わびとかさびとか　絶妙の美学

芭蕉さんにはミステリアスな側面がある
彼の旅人生はその費用が出所不明
彼は隠密だったとの　かそけき風説もある

　　枯枝に　烏のとまりけり　秋の暮

カラスは１羽かな　７羽の絵が残存するけれど
この句はリアルだけれども空想上の句

　　古池や　蛙飛び込む水の音

この句　蛙複数説もある
句を作ること　そのものが生きること　芭蕉さん

　　夏草や兵どもが夢のあと

この句にはさびがあり　崇高さがある

　　旅に病んで　夢は枯野をかけ廻る

芭蕉さんの晩年の句として　彼の気概が心を打つ
羅人どん　夢は荒野で立ち往生
芭蕉さんの後塵を拝して　彼がかつて名乗った
別号　風羅坊から羅を頂戴　雅号　羅人誕生
ウサギ好きゆえ　英語ではRabbitと号する

知恵袋　諭吉さん

万物を支配する天　天から見れば
天はヒトの上にヒトをつくらずだ
ヒトの身分の上下はない
身の上境遇みな同じ
散切り頭を叩いてみれば文明開化の音がする

まことの学問をしないと愚かなヒトとなる
『学問のすすめ』の中では
学問をして実力を磨けば
身分の低いヒトも身分の高いところに
いずれだどり着く　と語る

羅人どん　真の学問とは何かを再考させられる
偏見を持たずに　心を白紙にして
無心に学問せよ　と
賢いヒトとなるには　大いに学問をするがいいと

諭吉さん　物事をまず疑う
疑問を持つことをすすめる
知恵のある教養人　時代を先取りした
啓蒙思想家　諭吉さん

緒方洪庵の適塾で　人格にも磨きをかけた
諭吉さんはヒトを軽蔑しない
彼はよく経験豊かな老者の知恵を借りた
彼は不平を言わず
愚痴をこぼさない
嫉妬心を抑制したヒト

諭吉さん　何より自力で身を立てようと努力
人間精神の独立をモットーとした
ヒトは　よく社会に出てからヒトに頼らず
独学で学識を身につける
教養豊かにするヒトがいるものだ

諭吉さん　コミュニケーションを尊び
雄弁な話術を心得たヒト
The pen is mightier than the sword. か
その点で軽妙な滑稽物語『福翁自伝』は
人柄がよくわかり　興味深い　と羅人どん
この自伝　口述筆記　死の２年前刊行

父は諭吉さん３歳のとき没
諭吉さん　兄三之助さんの勧めで蘭学を志す
諭吉さん　19歳の春　長崎に遊学
１年後に大阪に行き　緒方洪庵の適塾にて
運命的なオランダ語の修業
幼くして父を亡くした諭吉さん　洪庵さんを慕う
実の父のように慕う

それから３年して江戸に出る　時に彼25歳
実は1859年　諭吉さん　24歳のころ
横浜に遊び　オランダ語に絶望
時代遅れで　無力な自分を痛感
心機一転　英学への転向を決意

諭吉さん　1866年（慶応２年）刀を捨てる
この時　彼31歳　自由を求めて第一歩
諭吉さん　幕臣を辞し小民（庶民）の１人となる
1867年（慶応３年）大政奉還
王政復古の大号令（明治維新）

驚異的ベストセラー『学問のすすめ』
この本で諭吉さん　人間平等を平易に説き
学問を身につけ　一身独立を標榜
一身独立して一国独立する
独立心を強調　諭吉さん
常に野にあって　独立不羈を貫いた
諭吉さん　この国の近代民主主義を先導した

諭吉さん　教育に格別の熱意を示した
慶応病院の玄関には坐像がある
慶応大学の休講掲示には　○○君休講と出る
「君」呼ばわり　諭吉さんにだけ「先生」と呼称

早稲田大学では早慶戦と呼ぶ
慶応大学では慶早戦と呼ぶ

羅人どん　諭吉さんのお孫さんに英語を習った
その孫さんの令夫人はハワイ出身

羅人どん　ある日諭吉さんの墓参に出かけた
墓地の地下に　清水が流れていて
諭吉さんの御体は　当時の土葬のまま健在

諭吉さんの父は士族の中の下級
諭吉さん御大は
封建的な門閥制度は　親の敵でござる　と憤る

諭吉さん　鎖国が嫌い　攘夷は何より嫌い
諭吉さん　英学を志したのが縁で
アメリカに渡る　37日間の船旅
ウェブスター大辞典を購入して帰国

諭吉さんいわく　若い時からご婦人に対して
仮初めにも無礼はしない　とフェミニスト自認

諭吉さんは　西洋的なユーモアおじさん
諭吉おじさんは　今に生きる
凡愚羅人どんより　丁度100歳年上

余裕派　漱石さん

漱石さん　『草枕』が好評で余裕派誕生　39歳
人の世は住みにくい……
住みにくいと悟った時　詩が生まれ画ができる
この一節　羅人どん至極お気に入り

漱石さん　芝居好き　美術好き
自分で絵を描き　ヒトに贈ったりしている
日本画とも水彩画ともつかない絵
妙ちきりんな絵　と妻鏡子さん
油絵は性に合わなくて挫折

写生というより頭の中にひらめいたものを描く
風景画も人物画も現実ばなれしている
浮世ばなれした絵ばかり　と鏡子さんは評する
ある種のシュールの絵かな　と羅人どん
裸婦を描けば　描いたことが愉快　と漱石さん

実社会の過酷な生存競争の修羅場に
心もち距離をおく　漱石さん

漱石さんは良識家　円熟したジェントルマン
と和辻哲郎さん　こちら外面（そとづら）
家庭内ではいささか葛藤あり
夫婦関係は　生易しいものではない
と実感する漱石さん

心中に迷いの渦巻く日常
こちら内面(うちづら)

父は神経が高ぶると　たいへん
家族だけでなく女中さんまでが
怖くてびくびくしていた
と漱石さんの次男伸六さん

ある晩　夕食を食べていると
子供たちが歌を歌い出した
すると　うるさいと言うが早いか
お膳をひっくり返して書斎に
入ってしまった　と鏡子さん

子供が父漱石さんに口答えすると
ぽかっとやる
女中さんまで　ある時ぽかぽか
ひっぱたかれた
女中さん　出て行ってしまった
鏡子さんが女中さんの肩をもつと
何だ　この生意気なやつめ　と当たる

子供たちがカルタを取っていると
漱石父さん　仲間に入ってくる
子供たち　みんな取るのが　はやい
このお父さん　一向に取れない
こんな時は優しいお父さん　と妻鏡子さん

世間からは　皮肉屋で　つむじ曲がりで
負けん気の　しかめ面をした怖いおじさん
みたいに思われていた　と鏡子さん

ある面で『坊ちゃん』を髣髴とさせる
邪気の無い幼児性か　純な心根か

漱石さんの生んだ　坊ちゃん
ヒトは論法で動くものじゃない　と言う
情緒が私を支配する　と伊藤整さんは言う

漱石さん　一部の評論家から
大衆文学作家呼ばわりされたことも

漱石さん　『吾輩は猫である』で成功
教壇を去り　朝日新聞社専属社員に
プロ作家としてスタート
家に籠もって　創作一途に

ところで　漱石さん　病気がち
胃を患い　胃潰瘍で胃が痛む
それに　神経衰弱気味ときている

漱石さん　弱い男だが　弱いなりに
死ぬまでやる　と意気軒昂　動じない意志
何か書かないと　生きている気がしない
と怪気炎　漱石さん　45歳のころには初老気取り

『三四郎』の中で　stray sheep の三四郎が
「日本も発展するでしょうね」と言えば
「亡びるね」と広田先生　漱石さん自身は那辺に

漱石さん　イギリス留学中に神経衰弱を公言
この神経症で狂人扱い　身の細る思い
ところが　帰国後　シェイクスピアの講義をして
満員札止めの人気だったとか

毀誉褒貶はヒトにつきもの
ヒトに誉めそやされるばかりで
貶されたくなければ　神様に変身するしかない

漱石さんの長女筆子さん　その娘末利子さんは
祖父の漱石さんの　妻鏡子さんが
いくら夫金之助さんを愚弄しても
作家漱石さんの偉大さは　少しも害(そこな)われない
とおじいちゃんを弁護する

漱石さん　晩年　則天去私を念じ悟りの境地に

Beauty is truth, truth beauty.

—John Keats *Ode on a Grecian Urn.*

Ⅲ　迷夢　羅人どん

ケンちゃん物語

三歳のケンちゃん　かくれんぼう
グランパの鬼さんは
カーテンの裏にかくれたケンちゃんに
向かって　さりげなく　イナイ　イナイと
聞こえるように　つぶやく

鬼さんに見つからないように
カーテン裏のケンちゃん　クスッ　クスッ
と笑う　かくれんぼう

ケンちゃんはグランパと
市内の多摩動物公園にやってきた
ケンちゃん　バスの中からライオンを
間近に目撃して感激　興奮冷めやらぬ様子

ライオン見物一回終了　その直後に
ケンちゃん　ライオンをもう一度見たい
とぐずる　再びチケットを買って並ぶ
怖いもの見たさの好奇心　二度目もご満悦

ケンちゃん　グランパの家に一泊
ワンちゃんと朝の散歩　うれしさいっぱい
ダックんとアミちゃん
オス・メスのミニチュアダックスフント
おばあちゃんと多摩川に近い
市民の森スポーツ公園まで　早朝の散歩
途中　アミちゃん　よその犬に興奮
吠えて　吠えて　八つ当たり
ケンちゃん　むこうずねを咬まれて泣きべそ

小学生になったケンちゃんはグランパと
将棋にうち興じる　黙々と　言葉は要らない
至福のひと時　羅人グランパ

グランパはいつも絶対にハンディをつけないで
将棋をやる　なかなか負けないグランパ
ケンちゃん　食いついてくる　歯向かってくる
グランパ　絶対にわざと負けることはしない
負けん気のケンちゃん
いつもグランパの勝ちが多い

六年生になると　三勝二敗でケンちゃんが勝ち
負けん気のケンちゃん　ついにへぼ将棋に優勝

将棋はヒエラルキー　ピラミッド型の秩序
駒が出世したり　成金があったり
世俗に事欠かない

ケンちゃん　こどもから少年へと成長
中学三年生になり　です調を使って
グランパと話したりする
ケンちゃんはケン坊から健君へと成長
心身を逞しく鍛える山道を
一歩一歩登り始めた
はるか深い谷底を見下ろしながら

ちなみに　健君　陸上の走り幅跳びが得意
人生はマラソン　だよね　健君
羅人グランパの憧れは　ロダンの考える人
ヒトはパスカルの風にそよぐ考える葦

目の前には
愛犬ルナちゃん　三代目のダックスフントを
抱いている健君の姿が浮かび上がってくる
今や　健君　高校一年生

élan vital の夢を追え！
健君の personal history 序章
小さな小さな Bildungsroman

羅人どんの絵の先生

羅人どんの絵の先生の一人は曙美術のＡ先生
具象画とくに静物のなかでも　りんごの絵
セザンヌの絵より魅力的でインパクトがある
食べられそうというよりは吸い込まれそうな
立体感　りんごの光り輝く実在感
りんごの赤み　陰影による深み
画面から飛び出してきそう

Ａ先生はアトリエで絵を描いている
自分の姿を人に見せない　ミステリアス

羅人どんにとって　もう一人の絵の先生は
親和美術協のＭ画伯
Ａ先生とは対照的に抽象画を描く
画面から何か威光のようなものを放ち
そこからまた画面に帰ってきて収斂する

Ｍ先生いわく　いい絵というものは
画面から四方八方へ威光を放ち
絵を逆さにして見ても
バランスが取れていて威光を放つのだという

Ｍ先生の抽象画はヒトの内蔵もどき
あるいは電気の配線図のよう

ある外国人記者が*Japan Times*紙上で
Ｍ画伯を日本のミロだと称えた

M先生は人前であろうと
電車の中であろうと　どこであろうと
絵のアイディアが浮かぶと
すばやく絵のイメージをメモする

羅人どん　抽象画の師と具象画の師との間で
右往左往　揺れて揺れて戸惑い　迷い通しだ
にっちもさっちも行かない

M先生はほんらいお医者さん
二足のわらじで　絵に打ち込んでいる
さる保険会社の嘱託医
画家として　絵のプロとして
絵の収入の方が多くなったら
医者をやめたいともらす
果たせないまま世を去ったようだ

羅人どん　絵のプロになることには
まったく興味の無いアマチュア絵描き
具象画のＡ画伯と抽象画のＭ画伯との
狭間で右往左往するばかり

一方　羅人どん　シャガールさんに私淑している
迷いながらも　夢を描き続ける
迷夢から覚めぬまま　迷いの時代を生きる
羅人どん　珍奇な老者

天国と地獄のカプリッチオ

明朝　陽が昇ることはたしか
暗雲の上には　青空があるのもたしか
高齢者が　明日の命を危ぶむのもたしか
絶望のかなたに　希望が見え隠れするのもたしか

羅人どん　深夜に枕元で迷いの蚊の啼く声
絶望と希望の秋の訪れ　夢の精が囁く
絶望が圧勝なら　羅人どん　腰砕け

冬のあとに春が来るように
夜が明ければ　朝が来る
曙はほんのりと明るく
ほのぼのと　朝ぼらけ
迷夢は消えない

絵に見るような　枝ぶりのいい　梅の木が
春一番を前に　寒風をよそに
白い花々を　清清しく咲かせている

サルトルさんは　自由を求めて絶望だ絶望だ
とこれを反面教師の呪文のように唱えながら
絶望を生き抜いた

遠く未来のかなた　かすかな希望のかけらが
ふらふら　迷いながら浮遊している

絶望と希望がぶつかり合う　諍いが絶えない
羅人どんの内蔵をえぐる諍い
地獄どのと天国どのが羅人どんの心の中に
同棲している

カミュさん　人生は absurde だと
苦悶しながら生きた
彼は absurdité が売りもの
カミュさんから　神さまは逃亡した

羅人どん　絶望を知らない子供のころ
柔らかで清純なフルートの音色を
耳にしながら　ワーズワス風の自然の服を着て
虹に乗り　大空から地平を見下ろした
天壌無窮　天地は永遠

羅人どん　シャガールの絵筆に乗って
日の光を存分に浴びながら　夢見心地で
天空を舞う　柔和で潤いに富むホルンの響き
夢は久遠　歓喜は一瞬

赤やピンクや白の　コスモスの花が秋を彩り
外なる宇宙　マクロコスモスは
今なお　未知なる無限　壁のない不思議
内なる宇宙　ミクロコスモスは細密な分析中

天国も地獄も　羅人どんのいる惑星上にあり
母なる大地も　時に天国　時に地獄
天国が地獄と化したり　地獄が天国と化したり
天国と地獄は永久に消滅しない　善悪と共に
天国と地獄はヒト属の共有財産　無形文化財

不条理蔓延

　　　実石榴や口尖らせて青二才（俳句）
　　　　ざくろ

羅人どん　幾つになっても青二才
ヒトは変わる　自分を変えられる
とアドラーさん
羅人どん　自らを咎めて　自戒

毎日　理不尽なことが絶えない中で
人類は生き延びている
羅人どん　人間の崇高さを忘れ
不条理を実感する
愚かしい人間　不条理人間に感化されそう

躊躇し　一歩手前でとどまる
羅人どん　石榴の尖り口に己を見た
未熟な己の生き写しを見た

ドイツ系アメリカ人作家ジョン・バースさんは
『旅路の果て』でヨーロッパ的ペシミズム
とアメリカ的オプティミズムを融合する
バースさん　悲劇を喜劇に塗り替えてしまう
主人公ホーナーは楽天家

神は　バベルの塔を高くより高く無限に高く
築いていく人間どもの傲慢さを戒める
神は人類の言語を多くの言語に錯乱させる
エスペラント語も実り多くない
合理が不合理に勝てない

写楽の版画では世界が歪んでいる
それでいて絶対絶妙なアンバランス

デカルトさんよ　さらば
カミュくんよ　甦れ　と羅人どん
いずれヒトは死という不条理と握手
死と折り合わなければならない

不条理を敬遠せず　不条理と握手する
人生は近視眼的には tragedy
人生は遠く大空から眺めれば comedy

飛翔するシャガール氏

シャガール氏のようなシャレた絵なら
オレにも描けそう　と思ったのが運の尽き
過信が腐れ縁　もう抜け出せない
油絵を描くことを続けるようになって
泥沼にはまってしまった　羅人どん
迷路に転がり込んだ　羅人どん

古老になっても今なお　シャガール氏に私淑
氏に頭を下げっぱなしで絵に興じ描いている

シャガール氏の伸びやかな
超然とした筆の運び方に惚れ込む
氏は羅人どんの筆先に　飄然とやって来て
飄然と去る　シャガール旋風

シャガール氏は若いころ　画家に磨きを
かけようとして　ユダヤ人の血筋
ということもあって　ロシアから
フランスへ修行に行く

シャガール氏の絵の人物たちは空に舞う
地上ではなかなか夢が開かない
娑婆に暮らすは悲劇
天空から眺める娑婆は悲喜劇

虚空を飛んで　眺める下界は明媚
絵の中の人物たちや動物たちは
中空を漂う　宙に横たわったり
蒼空を遊泳したり　逆立ちしたり
軽やかな夢想の世界
シャガール氏は空にパラダイスを創出し
無限に思いをはせ　祈っている

羅人どん　40代のまだ働き盛りのころ
人生半分道中のころ　道に迷って
ジグザグ道を　あてどなく歩き
シャガール氏に再会して　心の活路を得た
羅人どん　迷いの道すがら　薄明のころ
前方に細い細い曲がりくねった道を
夢の中で再発見　それはポエジー

シャガール氏のフランスでの付き合いは
詩人が多かった　詩人アポリネールいわく
シャガール氏の絵は
シュル・ナチュール　超自然
天使のように　ミカンや梨の上を飛ぶ

シャガール氏よ　あなたの絵は夢と現実が
不思議に巧妙に入り交じり　融合している
　夢現一如　夢と現が一体
　(ゆめうつついちにょ)

シャガール氏は　空から　地上に楽園が
生まれることを心から念じている

シャガール氏の絵の人物たちは　のん気に
空を飛んでいるのではない
ユダヤ人として地上では夢が描きにくいのだ
夢が描けぬ厳しい現実があったから

空から娑婆の現実を俯瞰
生の迷いを自由に解こうとしている
シャガール氏は超自然
空を飛び　舞う　人間たち
飛翔する　肉体　心　夢
娑婆が苦手な羅人どん　痛く感銘

善戦アドラー氏

君を作ったのは君
君を変えるのも君
神様は万能　完璧

ヒトって　永遠にヒト　不完全
ヒトって　完全さを求めたがる
ヒトって　どこか欠けている　それを覚悟する
そして　控えめの目標を持って行動する

羅人どん　アドラー氏の魔法にかかって
ヒトが不完全なのをいやというほど知らされる
ようし　自分をぐんぐん　ごしごし磨くんだ
そして自分がちょっぴり前進　いい気になる

羅人どん　アドラー氏を肩車にして
遠い道をとぼとぼ近道を探しながら行く
ヒトはヒトとの絆しがらみを痛感しつつ歩く

ヒトは心と体が連絡し通じあって歩く
渾然一体の生きもの　心身一如

羅人どん　相棒のケロやんから
よく自分の得意なものの自慢話を聞かされる
羅人どん　オレって　ことさら自慢するものが
あるようでないな　と悔しがる　あるとすれば
自慢とまではいえないが　よくもこのオレ
傘寿まで生きてこられたものだなあという感慨

ナポレオンはコルシカ島生まれ
島育ちのコンプレックス男
田舎者コンプレックス
都会人へのコンプレックス

人間誰しも　人に劣っているところがある
劣等感を隠し持っている
全能の神様でないかぎり
ここにアドラー氏の慧眼がある　と羅人どん
氏は人間の心の動きをトータルに捉える

ヒトは全ての行動の奥底に意志と目的を持つ
そこにヒトとヒトとの関係が存在する

『道は開ける』を書いたカーネギー氏は
アドラー氏の説を推奨し　希望をつなぐ

羅人どん　ときどき対人関係にまごつく
さあて　アドラー氏をサポートしようか
首をうなだれ　生き延びる近道を探索
遠い遠い道をまごまごしながら行く

羅人どん　アドラー氏を夢想しながら
ついて行けるかどうか　ちょっぴり戸惑う
アドラー氏にはトラウマなんてない
眼は絶えず前方を向いて微笑んでいる
トラウマの残らないアドラー氏　善戦

自然に寄り添うワーズワス氏

ワーズワス氏は自然の懐から生まれた
自然の子　身も心も自然と一体
ワーズワス氏よ　あなたは若いころ
フランス革命に共鳴した
そしてやがて離れ　遠ざかった

The child is father of the man
ワーズワス氏には　純な　いとけない
子供の心が根付いている

ヒトは　一瞬　自然を超越しがち
ワーズワス氏はあるがままの生の中に
自然の子としてヒトを見る

ああ　ワーズワス氏よ　自然の神の申し子よ
あなたは　イギリス湖畔地方を静かに逍遥した
桂冠詩人　なんてどうでもよいが
ワーズワス氏にとり　自然は精神的なもの
自然も生きもの　即物的なものではない
物事を物質中心に考えない　羅人どんも実感

ワーズワス氏は自然に祈りを捧げる
あまねく　ヒト属に共通の祈り
氏は自然の中に人生を読み取り　探り出す
氏にあっては自然と人生が融け合ってひとつ

ああ　ワーズワス氏よ　自然の神の申し子よ
ミルトン氏やシェイクスピア氏と並んで
イギリス三大詩人の一人
You wandered lonely as a cloud.

エロスのロレンス氏

ロレンス氏　ホイットマンに惚れ込んだ
何ものにも縛られない　性に真摯に取り組む
エロスのロレンス氏　束縛するものは
何でも嫌った　生命のほとばしりを称える
生は性でもあった　フロイトは彼の心の友
どこかフロイトと　微妙に一派通じている

ロレンスにとり　ポエムは小説の byproduct
ではなかった　氏は横溢する心情をポエムに
表現せずにはいられなかった
ポエムはおのずから湧き起こる
自由な言の葉の表出

ヒト属は一体いずこへ行くのやら
行く末がロレンス氏には不安でならなかった
氏は生を夢かなわぬ悲劇と捉えた
物質文明に失望した　絶望感に浸った
氏は第一次世界大戦中に　世界に不安と
恐怖を感じていた

そんなご時勢にロレンス氏は鳥や獣や花など
ヒト以外の生物にいたく心を惹かれた
動植物に神々しい光明を見出す
鳥や獣や花は　氏にとり
あたかも神様の使いのよう

アーモンドの花が何ものにも束縛されないで
咲いている　とその自然さを称える
ロレンス氏は自然の中に融け込み
ヒト属と同じ生ある地球の生きものに親しむ

人生は生と死の葛藤　氏の生は真剣だ
氏は死と背中合わせに生きている
死という最大の恐怖を　異性と共に超克する
氏は肉体の愛を　エロスを美の世界へと
昇華させる

ロレンス氏　恩師の妻フリーダを略奪
愛を成就させる　真の愛を生き抜く
心と体が愛によって　至福の境地に至る

氏は愛とアートに生き　油絵を物し
数多の裸体画を描く　油絵を描く羅人どん共鳴

男と女　愛する者同士が結ばれ
かつ束縛されずに自由でありたいロレンス氏
氏は自ずからなるヒトとヒトとの関係や
男と女のねんごろな関係を求め　熱望する
ロレンス氏は生と性に真剣に取り組んだ
20世紀の革命児　生は性であり美でもあるのだ

ロレンス氏　どうやら一神論を超越したようだ
万有神論だ　既存の神ではなく　一切万物が
神なんだ　美を保有するあらゆるものが
神なんだ

ロレンス氏は　水に親しみ　愛着を示す
　　　水は彼を捉え　彼を抱く
　　　水は彼と遊び　彼を揺さぶる
　　　彼を持ち上げたり　沈めたりする
水が生きもののごとくロレンス氏に
働きかけている
水を通して　太古への憧憬と自然への愛を詠う

氏は水に浮かぶ死の船 your ship of death を
悠久の旅をする死の船を提唱する

高邁なゲーテ氏

ゲーテ氏は限りなく沸き出ずる知恵の泉
と羅人どん　氏は羊のように柔和で
ライオンのように強くなることを夢見る

月光に照らされながら　悦び　苦しみ
こもごもの中を　独りさすらう
心の迷路を人知れず行く　楽しみながら

詩聖ゲーテ氏は　気高きもの
より高きものに憧れる
神々とは力を競わない　ヒトには死があるから

自然には感覚がない
太陽や月や星は善人悪人ともに照射する
瞬間瞬間を生き　永遠なものにする

ヒトは死を思うとき憂いの生となる
生きている限り　憂いは心の中に住みつく

ゲーテ氏は　芸術の森　アートの宝庫
アートとしてのoxymoron好き
氏は自分がとても弱いと同時にとても強い
と言ったりする　羅人どん　したり顔

芸術は美を求める　美は移ろいやすい
神は移ろいやすいものだけを
美しくしたのだ　とゲーテ氏
虹のように　シャボン玉のように
美は移ろいやすい

ヒトは永遠の美を求めたがるが
詩人室生犀星は永遠を捨てて小説家になった
西脇順三郎はその永遠を拾って詩人を誇った
永遠を詩人の本領とする永遠はまぶしい

時間は永遠　空間は無限
時間を先回りして　未来を掴もうとする
庭のこのヒマワリは明日は咲くだろうとか

太陽は永遠の輝きを誇り
ヒマワリの短い命に威光を照射する
自然には永遠の魅力があろう
自然の神秘は深遠だ

さまざまな矛盾や理不尽が入り交じる生
理性や知恵では納得がいかない
ゲーテ氏あえて流浪　アートが出番となる
ゲーテ氏あえて不可能を求めるヒトを称える

アートによって　世俗的な世界から
距離をおくことができるんだ　と羅人どん
アリストテレス氏よ　氏はこの上なく美しく
人生の夢を夢見た　世俗を離れて

ふだん　ヒトの生き方は常識から始まり
常識を掘り起こして　そして最後に常識に戻る
とかく哲学は常識を難しい言葉で分析する

ゲーテ氏は互いに異なった事象を
隔たった事柄を結びつける親和力を掲げる
西脇氏も遠いものを結びつけようとする

自分の生み出した言の葉といえるのは
泉のごとく　自然に　自ずと
心の底から涌出してくる思い　と羅人どん

ゲーテ氏　永遠を遠くにも近くにも察知する
永遠はまぶしい　ことのほか目映い

迷夢　羅人どん

スコットランドのエジンバラ
羊が丘から　陽が昇り
数多の羊の群れに照り映え
青々として瑞々しい草を食む
少年羊飼いの指図で　羊の群れは
囲いの外へと追い出されて行く

一匹だけ頭の黒い羊が　stray sheep
囲いの外へ出るのをためらっている
牧童は業を煮やして　立ち往生
どうしたらいいものやら　迷いに迷う
ゲーテ氏は　人間て努力している間は
迷うものだと言ってはくれるが……

そのうち牧童は寝転んでしまう
この羊の黒ちゃん
いつか羊の群れに入るのを念じながら

羊が一匹　羊が二匹　羊が三匹……
睡魔に襲われる　少年羅人どん
羊の皮をかぶったオオカミの夢を見る

羊になるよりは羊を食うオオカミになれとは
ある entrepreneur のことば

羊の瞳が光り輝き
頭の黒い羊が牧童の頭の臭いを嗅ぐ
牧童と羊の黒ちゃんのそばで
水陸両棲の相対主義者ケロやんが
完璧主義はやめよと飛び跳ねて訴える
羅人どんの親友蛙のケロやん　ケロケロ笑う

lost sheep lost shepherd
shepherd dog はどこへやら
羅人どん自身が sheepskin として
店で売られている不思議な夢

羅人どん　幼少のころ　日暮里で lost child
それ以来　迷子札を付けられて遊んでいた
迷子札には戌年生まれゆえ　犬の絵つき
今でも夜ともなれば方向音痴　羅人どん

迷える羊　迷える牧童　牧羊犬の姿見えず
どこからか牧羊犬ウイズドムが
帰ってくるのを　牧童羅人くん夢想
迷夢が正夢に発展するかも
悪夢が良夢に変貌するかも
迷いの夢　迷わざれば収穫なし
神はヒトを迷わせる
迷いが羅人どんを鍛える
迷いの神に誘惑されるな　羅人どん

迷いの道をおろおろ進め
羅人どん　迷いの洞窟の中　真っ暗闇の洞穴
暗中模索しながら　うろちょろ　とぼとぼ
ふらふら先へと行く　小さな光明がほの見えた

ニュージーランドのワイトモ洞窟
gloworm が迎えてくれる
グロウワーム　土ボタルのつらら

はぐれたリチャード君に再会
Auld lang syne を二人で口ずさむ
考えるヒトに wisdom が生まれるように
歌うヒトに refreshment が生まれるように
迷夢の羅人どん　夢破れて　残夢あり

花に虚実なし

パンジーは冬に迷わず咲き誇る
パンジーは寒さに凛と迷いなく
サクラソウ蕾ふっくら笑み誘う
チューリップ夜は可憐に花すぼむ

水仙が黄の首こぞって春を呼ぶ

呼吸するだけで歓喜とホイットマン
生の実感　命尊し
幸か不幸か　問うなかれ
日々充実に　優るものなし
うつつの生　虚実こもごも
心揺らして　生は迷夢か

I wantered lonely as a cloud
That floats on high o'er vales and hills,
When all at once I saw a crowd,
A host of golden daffodils.
—William Wordsworth *I Wandered Lonely as a Cloud.*

Ⅳ　道草　羅人どん

月の女神の申し子

幼いルナちゃんはメスのダックスフント
月の女神の申し子
ルナちゃん　娑婆に降り立って
羅人どんの家の中だけで暮らす

伊勢物語の高貴な女性が
外界の草の露を知らないように
２階のベランダから外を眺めているだけ

座布団をボロボロにし
ボールペンを粉々に食いちぎるツワモノ
外界を知らないが癒しの神通力保持者

人間嫌い　モリエール

むらきの竜胆(りんどう)のような
セリメーヌが秋空のもと　野路を行く
雲間より薄日が漏れて
セリメーヌをほの明るくする

羅人どんが扮し演じたアルセルトが
プレゼントした赤いコートを
好んで着ているセリメーヌ
彼女の胸はほかほかしている

無垢なセリメーヌはあちこちに
愛嬌をむやみに振りまいている

愛嬌のバーゲンセールはやめたまえ
アルセルトは口走る
人間はみな嫌いだ
アルセルトの嫉妬は
胸に巣食った嫌な虫のように
彼の体内を這い回っている

胸がちょりちょりする
アルセルトは嫉妬をむしり取ろうとしても
切り捨てても　にょきにょき
もやもや　体内でぬたくっている
身の置き場がない　身の逃げ場がない

アルセルトは　見るヒト　会うヒト
めちゃくちゃ嫌悪し　あらゆる人々を
敵に回して吠えている　と思いきや
アルセルトどのにとり
セリメーヌちゃんだけは　エクセプション

トマス・モアの命

ヒトの命は　軽石のように軽い
ソクラテスどのは無知の自覚説が
市民の反感を買い　毒杯を飲んだ

トマス・モアどのも宗教革命に背を向け
反逆罪で　断頭台に追いやられた

こんにちも　死刑という合法的な殺人が
悪法もまた法なり　と罷り通る国々がある
戦争の大量殺戮　justify　これがヒト属

紛争や戦争によって
知を愛する哲学は　nothing zero

軽い　軽い一個の命
ヒト属はやりたいことが
やり残していることが
たくさん　たくさんある模様

ヒト属の欲望には　かぎりがない
とはいえ
もうすこし　ヒト属を生かして
あれこれ試させてほしいもの

一個の人間の命は
虫けらが笑うほどの価値
しかないもの　なのかどうか

虫けらにあざ笑われるものなのかどうか
蟻の思いも天にとどく
というではないか

西脇順三郎の晩年

老詩人　西脇順三郎が　そろりそろり
漂うように　椅子に近づく
右手がわずかに震えている
外は歩けないんです
ころんでしまうんです

芭蕉の諧謔を見抜きなさい
と　詩人は言う

その日その日の存在が詩になるんです
一編の詩の中で
本当に言いたいことは
ほんの数行です
あとは遊び　飾りです
とも語った

詩はむずかしいです
だから　人にはすすめないんですと順三郎
存在は淋しい　と今日ももらす

たなか羅人さんという人が
もう一人いるのかな
文体論をやっている人なんですよ

先生　それも私です
ああ　そうでしたか　じゃあ
きみに出そうと思って書いた葉書を
持って行ってください

また　いらっしゃい

サルとヒトと

1

おサルさんとおサルさんが
じーっと一瞬にらめっこ
それだけで　両者の力関係が決まった
強弱の差が　スパッと決まってしまった
闘争本能がちょっとも発揮されずに

二匹はマウンティングの儀式によって
主従関係を確認している
おサルさん　リーダーが必要なんだ
リーダーが　仲間を服従させ
統率して行くことになる

おサルさん　木をゆすって
デモンストレーション
ボスは仲間たちに打ち勝ち　勝利宣言
いまや　二百匹を統率
彼らを　ゆうゆう　支配下においている

ヒト属の無二無双の畏友　おサルさん
サル社会　見上げたもんだ
と羅人どん　己を見下げる

チンパンジーが背中に
こどもをしがみつかせ
得意げに二本足で歩いている

やっこさん　棒をにぎり
落ち葉のなかを　かきまわして
ヒト属の足跡を　探しあぐねている

1500万年前に
ヒトとサルがわかれて
ヒトが進化してきた
ヒトは太古に頭が小さく
脳髄が軽く
知恵が乏しかった

一万年前に
ヒトは弓を使うようになり
山中で超然と跋扈した
やがて近現代となり
ヒトは大自然を手込めにしたと過信
大自然を傷つけ始めた

ヒトは力を機械に奪われ
ひ弱な体になって行った
ヒトは　こんど頭が大きくなってきた
いま　ヒトは不安定な体になった

羅人どんはといえば　翁となり
前かがみになって　ふらりふらり
思案げに　首うなだれて歩いている

2

春の虚空はおぼろにかすみ
珍夢にご執心の孫悟空
天上界で大あばれ
自由奔放にスペーストラベル

敵もさる者
猿まねとは無縁
三蔵法師の救いの手
猿も一時座禅に沈潜するか
見ざる　聞かざる　言わざる
人まねの御神酒(おみき)に酔わず
ネガティブな克己
樹上の猿にもはや忠犬は吠えず
猿まわしは日光猿軍団に禅譲
猿蟹(さるかに)合戦よろしく
猿賢さの声　夢枕にはアストロノート

あけぼのの
無辺の宇宙のかげから
孫悟空が　さる山間の無窮村に降ってきた
神通力と知恵の御利益にあずかろうと
骨董屋さん　素粒子屋さん　星屋さん
お元気屋さん　夢屋さんらが集まってくる

テナガザル　テングザル　メガネザル
キツネザルが遠巻きに行く末を占っている
そこへ
猿回しの太郎さん　猿の次郎くん登場
真剣に　夢中になって　弁慶と義経を演じる

ミザル　キカザル　イワザルたちの
直立二足歩行の精鋭が
モンキーダンスを踊りだす
もと猿人の夢の大地　悠久の夢は漂う

道草　羅人どん

りらりら　若葉の耀(かがよ)う春　あけぼの
春は生きとし生けるものに　微笑みかける
羅人どん　散策のひと時

多摩川の日野橋で
老女二人　日の出に合掌

少し上流に天神様の森があって
その裏手の池のほとりに
孤高のニーチェ風の青大将の青っぺが
シュルシュールシュール　と現れた

殿様蛙のケロやん　びっくり仰天
カエル語で　その驚愕を
連れ合いに知らせ　警告

ともに連れ立って　ホップ
気合を入れて　ステップ
思い切り　ジャンプ

シャガールの夢の中へ
ほっとして　スマイル
絶滅危惧種のケロやん　命拾い

多摩川の背景に　巨大な虹が浮かんだ
その上空に
時の政権の為政者　Mr.Abe が浮かんだ
Abe [eib] ――Abraham Lincoln（1809－65）
来年没後150年

リンカーンが上空に浮かんで
こちらを見ている
ハンチングをかぶった羅人どん
道草に明け暮れている

羅人どんの前には　２つの道がある
東には超高層の　東京スカイツリー
スカイスクレイパー
アポロンも太陽も微苦笑する
地上634（ムサシ）メートルからの
夜景は雨に霞んでいる
灯火は点々として　おぼろ
現代のトーテムポール

西には新バベルの塔　こちらは無限に高い
そこここに　ざわざわ　人声がする
われもわれもと塔を上るヒトの群れ

羅人どんは右往左往して　迷いながら
とぼとぼ　ゆっくり　地上を先へ進む
羅人　らじんラジンラビト　ラビット
Rabbit 臆病うさぎ　と呼ぶ声がする

羅人どんは兎の化身か
生きもの同士が　それぞれ
言を愛して　philology
知を愛して　philosophy

ヒト語って　深遠で過剰だなあ
とケロやん　苦笑

You encounter despair and comfort.
You love wisdom and absurdity.

種の今昔ものがたり

野尻湖から
ナウマン象とヒトの化石が出た
北海道に
マンモスの化石が出た
いにしえの明石象が　牙をむき出している

真夏になって
いま母なる大地の実像として
大賀蓮が
古代をピンクに開花させている

ほとけの男女の合体の像
色と形と空間をリアルに表わしている
ヒトの世の対立や抗争を内に秘めて

ロダンの男女の抱擁の像
そのもの自体に
ヒトの歴史を貫く両性の本然の姿

いま　羅人どんの家の庭を
二匹の揚羽蝶が交わりながら
上へ　下へ　舞っている

Tomorrow, and tomorrow, and tomorrow,
Creeps in this petty pace from day to day,
To the last syllable of recorded time,
And all our yesterdays have lighted fools,
The way to dusty death. Out, out, brief candle!
Life's but a walking shadow, a poor player
That struts and frets his hour upon the stage,
And then is heard no more. It is a tale
Told by an idiot, full of sound and fury,
Signifying nothing.

—William Shakespeare *Macbeth.*

Ⅴ　シェイクんの夢　スピアんの芸術

兎

夢想家は迷夢から醒めずに　年が明ける
月から　因幡の素兎が緊急脱出して久しい
日本の家は兎小屋だ　とコケにされて久しい
Great Depression が荒んで久しい

白い母兎の Woo ちゃん　夜更けに産気づく
兎小屋の片隅に　藁をくわえてお産の巣作り
あっ　母兎が自分の胸の白い毛を口で
盛んにむしり取って　巣に敷いている

翌朝　母さん兎の　白い真綿のような
毛の下に赤ちゃん兎　もごもご　もごもご

気弱な　虚弱な　ヘンリー６世は
赤ちゃん兎を愛でる
Future's yours, the world's yours;
Present mirth's present laughter, though.

春はあけぼの　故里はとろとろ夢のなか
江戸幕府の元旦の食膳には兎の肉の吸物
猛虎のトラウマをこの吸物で癒し
脱兎の速度を弱め
うさぎ兵法を戒め
うつら　うつら　うさぎの昼寝ときめこむ
かめ吉への夢の再挑戦では惜敗

山中で二兎を追い
虻蜂取らず
心機一転
うさぎの登り坂を希求

リベルテ　エガリテ　フラテルニテ　の声
虚空に　弘法の筆をかりて　恕　と書く
春ともなれば　吾妻小富士の雪うさぎ
春宵は兎の尻尾　悠久の時の大河は流れる

ふれあい橋

新春はあけぼの　装い新たに火野いま日野の
高幡不動尊に　身も心も牛の歩みで初詣で

小径を通れば　数多の落ち葉が　風に吹かれて
かさこそ　こぞって　ころころ駆けてゆく
小犬のルナちゃんも　若いシェイクんも
大成したスピアんも　シンベリン王の
この上なく美しくあどけない娘　イモジェンも
その夫ポスチュマスも　和気藹々

視界おぼろの生きとし生けるものは
仲良く　牛の涎(よだれ)のようにはならずに
浅川堤を下って　ふれあい橋へ
ここでひと休み　陽光を一身に浴びながら

On the solitary planet in the vast universe
human beings are anxious to survive.

シェイクんの夢
　　スピアんの芸術

　　　　1

ストラトフォードのウィルは夢を見た
英雄ベオウルフが怪物グレンデルの
片腕をもぎ取った夢を
夢の中でウィルはシェイクんとあだ名された
彼はモラル・ガウアを横目で睨みつけ
ロンドンで詩人になる夢を描いた

鹿泥棒をやらかしたとかいう少年が
23歳となり　自分探しの旅に出た
アイデンティティ求めて
シェイクんは一卵性双生児のスピアんを
探して旅に出た
できちゃった結婚の年上妻アンを
ストラトフォードに残して旅に出た
元町長革手袋商の父に後ろ髪を引かれて

シェイクんは旅芸人の芝居に触発されて
ロンドンに向かった　青雲の志を抱いて

シェイクんは永遠を捕まえようとして
不退転の決意を胸に秘めて
ウィル・シェイクスピアという名もない名を
密かに背負って旅に出た
半人前にもならない23歳のときに

2

シェイくんの心は菜種梅雨をくぐり抜け
心の隅にヴェルレーヌ　安穏なアンニュイ
モナリザの太陽が　東の空に顔を出す

　オレは一向に実らない
　実を結ばない　マイナー人間

ハンチングをかぶり　片手にスケッチブック
ぶらり家を出る
柿の若葉が　りらりら光る
シェイくんは多摩川堤を西へと遡る
日野で浅川が多摩川に合流する
浅川の「ふれあい橋」でスケッチを始める
高幡不動尊の五重塔や　遠く高尾山を望む

　プロですか　と横から若い女性の声
　売れない絵描きです　とシェイくん

これが　モナリザの娘　弥生さんとの
最初の出会い
ロミオとジュリエットよろしく最初の会話
同世代の杉村太蔵が通る　彼に

　ガンバッテ　と小学生
　子どもは大人の父　か
　オレは学生時代　バイトばっかりで
　身も心も　すっかり　汚れちまった

3

竹の子が若竹となり　親竹の背を追い越し
天を突き　ヒョロリと立っている　竹の秋

　　オレは希望と絶望の狭間人間
　　夢の肥大と萎縮の間の振り子
　　オレ迷う　ゆえにオレあり　夢見つつ
　　オレたち　迷夢の世代　青い海

とシェイくん　勝手に自作の詩を朗読

　　詩人なのねえ　わたし偶然を信じちゃう
　　シェイクーん　でも半人前よねえー

と弥生さん　水色の服がよく似合う
なかなか neat　ニートなお嬢さん

二人の間に　萌黄色の風が吹く

4

オレは高等遊民どころか下等遊民
Down with ennui
ホイットマンを深呼吸

オレの祖父は戦地から　無事復員した
弾痕をさすった　男根の威力を発揮した
おやじたち　団塊世代誕生
親父はもうすぐ定年か　オレは
このまんまでいいのか　いかんのか

シェイクん　俯いたまま
親元の　家の玄関を背にする
水色の紫陽花が梅雨空を仰いでいる
シェイクん　下っ腹に力を入れ
独り暮らしを決め込み　腰骨を立て
背筋を伸ばし　首を30度上向きに歩き出す

夾竹桃が赤く　ぽつりぽつり　夏を予告する
白い梔子の花が　ちらほら　匂いを放つ

　　　　5

久々　夢の中で　シェイクんは
スピアんに再会した
ウィル！　と呼ぶ声がして
はっ　と夢が現と化した
ウィルは　功成り　名遂げて
50歳ごろには　故郷ストラトフォードに帰り
悠々自適の生活　享年52歳
記録簿には　紳士ウィル・シェイクスピア
とある

歴史劇や悲劇　喜劇　ロマンス劇　問題劇
を書き　ヒトゴロシーイロイロ（1564－1616）
健筆を振るった（徳川家康が同じ没年）
晩年　書痙で痙攣して　苦しんだとか
墓碑銘には　ここ掘るな　触れるな
わが骨を動かすな　と言い残す

ウィルは目覚める瞬間　芸術は身を助けて
シェイクんとスピアんが再会し融合して
ウィルのアイデンティティに目覚め
シェイクスピアと化し　一人前を自認した
見果てぬ夢　未来永劫の夢　夢幻の夢

永遠に未完成か

　　　　　1

事が中途半端に終わりがち　愚昧な羅人どん
子供のころ　父がバイオリンの手ほどき
指先が不器用な羅人坊や　3日坊主
友達がウクレレ指南　これも3日坊主
楽器ではハーモニカを少々楽しんだかな
オレ　何か完成したかな　と羅人どん
オレ　一生かかっても何も完成しないな

永遠にヒト属は未完成のまま
ヒトは未完成の美に終わる
ヒトはいくら逆立ちしても神にはなれない
世俗的な教祖さまは　様々数々いるが

ヒトは時に　崇高な精神の産物をヒットする
ヒトは命の息吹を　尊い命の心地よい響きを
絵画や音楽によってヒットすることがある

昼寝していても無為のうちに時は過ぎてゆく
Art is long, life is short.

ハイティーンのころ　羅人くんは
作家の武者小路実篤さんに心酔した
実篤さん　アイディアルな人類の意志を説く
実篤さん　自己完成を目指せと言う

埼玉の毛呂山にある実篤さんの「新しき村」
を訪ねた　都職員をやめて　この村の代表
を務めていたWさんが迎えてくれた

実篤文学に傾倒しています　と羅人どん
あなたはその程度だとまだ甘っちょろい
と一喝Wさん　軽蔑の眼
未熟な羅人どん　己の浅薄さを痛感

限りある生の年輪を重ねながらも
好奇心が　何かを会得したいと切望している
この世に生を受け生きた証しのようなものを
遺したいと望んでいる

未来は夢と不安が錯綜している
シャボン玉のような
小さな夢　軽やかな夢が
浮かんでは消えていく
雲散霧消のはかなさ
見通しがきかない未来の生は未完成の縮図

実るほど頭の下がる稲穂かな　とは行かぬ
万年青二才　羅人どん
未来への夢をはらむ人類の意志　と実篤さん

大器晩成を説く老子さんにあやかりたい
娑婆はごたごた複雑怪奇
未来への道が混沌として
これで行こうという次の一手が浮かばない

羅人どんの頭の中も混迷
せっかち男　羅人どん　のるかそるか
ええい　当たって砕けろ

親が命名した羅人どんの本名　實
みのる　Minoru　最後のuが実名のガンだ
いっそのこと　このuを削ってしまって
己を見抜き　Minorがいいや
ニックネームは　舞汝羅人どん
　　　　　　　まいならびっと

永遠に未完成　Minor Rabbit
未完成に乾杯

　　　　　　2

さる画伯の「ベネチアの旭日」を眺める
茫漠として　画面に陽光がみなぎる
廊下の足元で　ダックスフントが纏いつく
　　　　　　　　　　　　まと
犬には論語は無用　と和室を覗く
上村松園の「序の舞」が目を射る
たおやかな女性の美しさが一瞬胸をよぎる

花を見たら花になれ　犬を見たら犬に……
とはいえ　犬侍にはなるまいと
犬棒カルタで夢拾い
叩けよ　さらば　なんとやら　犬も歩けば……
夏の夜の見果てぬ夢に　迷いの逍遥

スピあんは　絵を描けば　いつも未完成
シューベルトの「未完成」のアンニュイな音色
万事　急ぐことはない　万事　未完成がいい

だが「終わりよければすべてよし」ともいう
終わり　終末　終焉
優しくて　繊細で　情熱的なヘレナは
かなわぬ夢を見事にかなえて
終わる　終演

Word seemed to be able to give a plastic form to formless things and to have a music of their own as sweet as that of viola or of lute.

—*Oscar Wilde.*

Ⅵ　逆立ち男

牛

夢は牛車に乗って
はるばる空の旅
とろとろ牛に引かれて
不条理寺参り

ポーランドのシンボルスカの歩みを讃え
スペインの闘牛士マタドールに気をもらい

時は金でも　牛を馬に乗り換えず
スピードにうつつを抜かさず
渡りに船の　愚に返らず
牛に追われる身にならず

のろのろ　牛とともに道草しながら
夢の聖牛をあがめ
九牛の一毛をうる

やがて　午睡し　牛にメタモーフォシス
アルタミラの壁画の牛が　めでたく甦り

牛は牛連れ　ともに　悠悠
ゆっくり　ゆっくり　歩む

塞翁が馬

新生の曙　天地人　再創造の朝
おとぎの国から　男が駄馬に乗って来訪

ガリバーを追跡　いまも　馬の国では
粗野なヤフーは　人馬平等のプラカードを
高々と掲げる

見上げれば　シャガールの馬も
男女も　子らも　風にのり
平らかに虚空に舞う

雲の　光りたなびく　クリーミーな空
未来へ向けて　ワーグナーが天翔ける

知の女神エルダの子　ヴァルキューレは
翼ある馬にまがり　大空を駆けめぐる
男はこの英姿に　馬耳逆風と　駄馬を駆る

黎明に駿馬はいななき
竹馬の友は　共ども馬齢を重ね
夢は宇宙
地球のステージに
らんらん　人間万事塞翁が馬
ぱかぱか　だば　ダバ　駄馬

天翔ける　孤高の先哲の
名パフォーマンスに酩酊
追いつけ　追いこせ

一馬身の差　飽くなき好奇の眼
ぱかっと覚醒すれば
漂う隔世の時

足下では　ミニチュアダックスフントが
馬耳東風と　じゃれ合い
フリミティブなパントマイム

ベートーベンの第九

ベートーベンの第九が響き　轟き
太古からのヒト属の生命の
燃えさかる炎　天までとどけ
身も心も　木端微塵にゆさぶる

バイオリン　フルート　トランペット
コントラバス　ホルン　……

せせらぎか　小鳥のこえか
はたまた雷鳴か　地鳴りか　怒濤か
天空をつんざく大爆発　ビックバンか

久遠の静寂　はらからなるヒト属
親も子も　兄弟姉妹も
友も　仲間も
一つのるつぼ

久遠の楽の調べ
胸は高鳴り　胸を躍らせ
体躯も　心根も
メロディに溶けて　渾然一体

羊のごとく　獅子のごとく
一瞬一瞬　歓喜の炎

絶大な生命の息吹
人々の新たな活水の湧出
ヒト属の活火山の噴出

一瞬一瞬　歓喜の炎
詩は　ポエムは
つねに　音楽を憧憬する
とウォルター・ペイター

小さな命

小さな命はかけがえがない
だれにもあげられない
だれにもおかされない

大きくなあれ
大きな大きな命のぬくもりのなかで
いっぱい　いっぱい　霊気を吸って
大きくなあれ

すくすく　みるみる　伸びる
だれよりも　なによりも　尊い命

小さな　小さな命は
子羊のように　汚れのない命

無数の遺伝子を担って
一億ものライバルを尻目に
世界の情報を胎内で　直感しながら
この地球上に　お目見えか

科学はいたずらにクローン人間を企む
小さな命は世界にただひとり
唯一無二の存在として
いま　ここに　いる

逆立ち男

男はどこへでも
逆立ちをして　坂を上ったり　下ったり
歩き続ける　どこまでも
子犬が笑いながら　うろちょろついてくる

逆立ち男は真っ直ぐには歩けない
あっちへ曲がったり
こっちへ曲がったり
女神の顔も　悪魔の顔も
逆さに仰ぎ見る

逆立ち男は世界を凝視できない
世界が逆さ　夢が逆さ
男には　勝利も敗北もない
逆立ちして
地球をかついで　世界をかついで
おのれの宇宙を　力んで歩く

男は太陽や月や星に
自家製の笑いを売る
勝利の女神が冷笑する
悪魔が苦笑する

男はアトラスのように
世界をひとりで　かついで歩く

逆立ちして　あなたを見上げる
男は理も知も情も
逆立ちしたまま
世界を見上げる
勝利の女神が
逆立ち男に手を振る

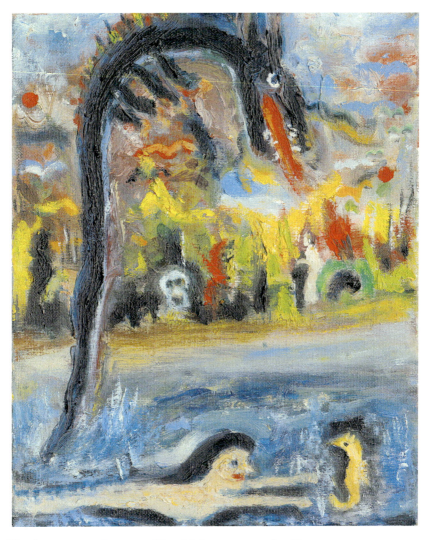

The long green dragon with which we are so familiar
on Chinese things is the dragon in his good aspect
of life-bringer, life-giver, life-maker, vivifier,
—D. H. Lawrence *Apocalypse.*

Ⅶ　竜の落し子

赤とんぼ

梅干ほどの大きさの
鳥の糞が空から降ってきて
男は側頭部を打たれ
目が覚めた
いたずらものが　空から
眠りを貪る者を叱咤したのだ

こんな荒野で眠ってしまったのか
散歩しているうちに
道がつきた所で　眠ってしまったのだ
赤とんぼが群れをなして
飛び交っている

男が立ち上がって
茫然としているのを見て
白秋のような赤とんぼが
近寄ってきて
風に揺れる髪にとまり
耳にとまり
鼻のあたりにとまる

手の指を突き出せば
その指にとまる
口をとがらせば
口にとまる

男は赤とんぼの愛に染まってゆく
　　　わが心奥
　　　群れるトンボのお見通し
　　　夕日を背にし高原に立つ

女の姿はそこになかった
女は逃げた
男のカレンダーは逆に巡っていた
ついさっきまで男は少年だったのだ

ついさっきまで　そこに
少女の姿があったのだ
　　少年の小さき指先赤とんぼ

男の眠りは生　目覚めは死
男の眠りと目覚めのつながりを求める
男の眠りに別れを告げず
赤とんぼに別れを告げず
そこに立ちつくし
秋空を眺めている

ぶきっちょな手

のろまな　ぶきっちょな手
脆弱な男の手
力仕事をしなくなった手
手ぎわの鮮やかな
手品師のようなことはできない手

イエス・キリストのようには
奇蹟をおこなうことのできない手
千手観音のようには
慈悲と救済の働きをもたない手

そんな手が
永遠を手元へ引き寄せたがる
　　永遠は無色無臭で　無関心
　　永遠からは声もなかりき
1983年　コミュニケーション年
　　verbal communication
　　non-verbal communication
言葉のコミュニケーションばかりでなく
非言語の　身振り手振りの　顔の表情の

猿や産業用ロボットの手ではない
ヒトの手
お前はむかし　鉄棒にぶらさがって
マメを作った
鎌を握って　マメを作った

いま　お前は画筆を握り
胸に毬栗(いがぐり)がいっぱいくっついて
取れないでいる裸婦を描いた
　　描きたる裸婦の頭は緑山

大地に寝そべる裸婦は
その胸が源流となり
川になって
水を湛えて流れが起こった

お前は木登りの能力を失ってから久しい
お前はしょぼくれ　ひ弱そう
お前は長らくペンを握り
言葉の生みの苦しみと
女性の陣痛のように格闘してきた

言葉のパイオニアの新手を観戦し
お前は汗を握りしめる
夕暮れどきに　忘却の橋のたもとで
右手はなお橋の向こうを指している

竜の落し子

竜の落し子よ
きみも竜のように空を飛びたいかい
きみは画竜点睛の　黄金の竜のように
水をつかさどる神として　激しく飛翔し
雲をつくり雨を降らすなんてことはできない
天に昇ることも　地獄に落ちることもない

きみは高貴な竜の落としだね
落胤なのかい
きみが落し子だなんて　滅相もない
そんな烙印を押されてたまるものか
きみはほんとは竜の父なのだ
子どもは大人の父なのだ
　　　春なれや竜の落し子竜夢見
　　　尾を海藻にからめ揺れをり

竜の駒よ
きみはほかの魚たちとちがい
直立して背びれで泳ぐ
目にもとまらぬ速さで
背びれを震わせて泳ぐ
浅海の泳ぎ手　深海を知らず
浅い海で　浅い夢を見ている

海の馬よ
たった全長8センチのシーホース
柔い尾を海藻に巻きつけてやすらう
　　　竜の子に人魚あいさつ春うらら
雄は育児のための卵嚢をもっていて
雌の生んだ卵を受け入れ
大事に保護して孵化させるなんて
シャレてる

馬魚よ
きみはのん気そう
きみの夢はなあに
きみはほんとはなにしているの
ただ海藻に語りかけているだけなの
ドラゴンの子よ
行く雲を見よ
流れる水を見よ

触れる

ヒッピーは愛を唱導した
憎むべき大統領にでも　キスしてやれ
それが駄目なら
その護衛官にでもキスしてやれ
といった　かなえられずに
もっと身近な愛にだけ浸る

草木の生い茂る
愛の小径に出たら
肩が小枝に触れ
朝露がこぼれて
雫がシャツを濡らした
胸を濡らした

　　浜木綿の真白く細き花びらに
　　指先触れる
　　生きもののごと

彼女の顎にも指先を触れる
肩にそっと手を触れる
手を握る
彼女の生新な血が勢いよく巡り出し
眼がなまめかしい光を放つ

草むらに寝そべれば
そよ風が頬をなでる
草の葉が顔に触れる

草深くそよ風ふたりを
　　包みけり

髪　唇　肌　脚が触れ合う
息と息とが交錯する
唇が融け
肌が融け
緑に染まり
草原に和した

にわかに
緑の底が地割れして
ふたりはひとつの大きな石の塊となり
傷つきながら
地殻の割れ目の
暗い　深い奥底に　墜落していった

隔世の感

葉巻きをくゆらしながら
吉田茂が
日本の民の政治を
導き出してから久しい
茂はマダム・タッソー館の中に立ち
二世の健一が
イギリスを談じ
文学を語って去り
文学の種はつぎつぎと
痩せた土地
肥えた土地に蒔かれている

葉巻をくゆらしながら
チャーチルが
「鉄のカーテン」という
メタファを考え出してから久しい
世界の眼はいま宇宙を見つめ
どよめいている

池田勇人が嗄れ声で
麦飯を唱導してから久しい
　　　北風や麦踏む嫗うつむきて
白米という言葉が
クリーシェとなる

市民は満腹感に眠くなり
21世紀の哲学の退屈な夢を見ている
　　雪解けにパワーショベルは
　　開発の作業を始め
　　木々は震えて

アメリカの使い捨て時代が
日本に上陸してから久しい
世界の人口は増え続け
森林はますます減ってゆく

世界の頭脳は
どんどん膨張し
シンクタンクが
個人の内蔵をくすぐっている

古着

路地裏の古着屋さん
市場で買ってきた服を
こつこつ繕っては
店につるす

そこへお巡りさんが
犯人に化けて
盗品を売りにくる
一本気の　頑固な古着屋さんは
それを買わない
素人からは買わない
と断る

犯人逮捕に協力するため
素人からも買ってほしい
と正体を明かすお巡りさん
　　　素人の品買わざりし古着屋に
　　　巡査不満を述べて去り行く

裏通りの歯医者さん
安い治療費で　こつこつ
せっせと　庶民の歯を治している
この古着屋さんから　よく
古着を買って着る歯医者さん
　　　服破れ
　　　また古着買う
　　　大晦日
時流に乗らずに
頑固に
独自の道をゆく歯医者さん

離島のお医者さん
何もかも不便で
不足する離れ小島に開業し
島の人びととの心の管は
よく通じ合っている

頑固に
都会を避けて生活し
この古着屋さんから
服を送ってもらって
着ているお医者さん

12月8日　朝の仏たち

12月8日　朝霧立ち渡る
ヒトも川も橋も霧もおぼろ
みな仏のような顔　かお　カオ
　　　朝霧の中に
　　　　大橋浮遊して
赤い荒川大橋が霧の上に漂っている

街なかはわりと霧が薄く
なのにこの河原は霧が濃く漂っている
街の仏より河原の仏は白く
冬は河原の仏たちに真っ先に訪れる

街なかの仏のような寒空は
ビルの群れに邪魔され
青空は肩身が狭い
ヒトの吐く息が白い
冬の朝だ

息白く
仏のような空仰ぎ
一瞬われも仏の顔に

電車のなかで
しきりに咳をしている女
眼帯をしている女
眼をつむって立っている男
スポーツ新聞を読んでいる男
みんな仏たちの顔だ

ダイヤモンドヘッドの大砲は
仏のように　錆つき　腐っている
ハワイで12月7日といえば
日本軍に真珠湾を攻撃された日として
仏たちの忘れられない日として
思い出が渦を巻いている

この戦争の発端は日本海軍の
Pearl Harbor への surprise attack
12月8日は
日本人の記憶から消え去ろうとしている

ハワイで真珠湾めぐりの遊覧船に乗れば
12月7日をゆめゆめ忘れるなと
passionate な英語が流れる

欲望の玉手箱

顔色がいいようだね
欲望の玉手箱の気色はどうだい

先日は欲望の玉手箱をなくして
心配をかけたね
まだ土に帰るのはごめんだ

その箱の中の葡萄を少し食べたよ
　　　微風なで　為すこともなく　葡萄食う
なんだか　生きる意欲が
胃袋から　盛り上がってきた
　　　葡萄食う手に甘き汁滴りて
　　　胸になにやら湧き出づるなり

欲望の玉手箱はいくつもあっても困る
なくてもなお困る
ひとつやふたつは持った方がいいね
玉手箱から欲望の汁が流れ出る

自分の手で支えて起きたい
自分の足が石になるまで歩きたい
顔の皮が裂けるまで笑いたい
土への下車駅を考えずに動きまわりたい

欲望の玉手箱を開いて
さらさらとした夢を嗅ぎたい
ひと掴みの葡萄のような夢を嗅ぎたい

And in her fair arms
My shadow I knew,
And my wife's shadow too,
And my sister and friend.

—William Blake.

Ⅷ　影法師

星は生きている

リシウス　7光年
大マゼラン星雲　15万光年
百億光年のかなたからも
地球へ光が切り込んでくる

大空のかなたで　ケンタウロスは跋扈し
アンドロメダ星座が踊っている

宇宙はむかし　1つの火の玉だった
宇宙はどんどん広がっている　だが
宇宙は縮まり始めるかもしれないのだ

200億光年前に生まれた宇宙は
ヒト属の夢とともに膨張している

宇宙の果てを知る人はない
未来の時の終りを知る人はない
きみとぼくの人生の時は終る

超新星（かに星雲）は
大爆発を起こして死んだ
オリオン星雲は10万年前に誕生
まだまだ
星は作られている

電波で探る　星の生成
いま
オメガ星雲のところで
星星が作られている
暗黒星雲

光の望遠鏡は探る
宇宙の年齢は
いま　200億光年

太陽への距離が
ほど良かった地球に
生物は生まれ
人類は生まれ
われらが　いま生きている

星も星の子も月も
われらも生きている
塵の中の小さな塵の子
実体の定かでない塵の子

はるか遠い遠いかなたに
地球と似た惑星があって
超高等生物がいるかもしれない
人智を越えて
ヒト属が侮れない生物が

道化師

ルオーの道化師
娼婦
キリスト

人生の道化師は氾濫し
賑わっている
道化て道を踏みはずす

娼婦は巷(ちまた)にちらつき
いまだに灯は消えることがない
ルオーはかの女の胸のうちを
読んで慨嘆する

キリストは嬰児を愛で
現世を呪い
和することなく
同士とともに
高らかに鬨(とき)の声を放つ

ルオーは　いま　沈黙する
道化師の沈黙
道化師の昼が決着し
夜の静寂が訪れ
世界が沈黙することによって
決着する

小笠原

亜熱帯の小楽園
2000万年の歴史をくぐってきた
火山島の母島

生物の遺骸が海底に積み重なって
石灰岩ができあがった
3000万年の歴史をもつ父島

小笠原の海には珊瑚礁があって
熱帯魚が泳いでいる

蝸牛のヒロベソカタマイマイ
アオウミガメ　オオヤドカリ

小笠原には
地盤の隆起で　海食崖ができていて
海食洞はトンネルのようだ

原色の目映い花が咲いている
傍らに
塹壕やトーチカが残っていて
戦争の嚙み傷が
トラウマが
島に融け込めないでいる

微速度撮影

巨大な岩を砕けば47億年前の
原始の地球が朧気に顔を出し
人間が石であった時代が膚(はだ)を表し
岩が地球の生命の歴史を貫く
長い眠りの時代があって
生命が誕生し　繁殖してきた

海洋底を探れば
2200万年前の
親潮古陸が浮上する
地球は自前の熱源によって
その容姿を変えてきた

中国の雲南省の
禄豊猿人の頭骨化石は
800万年の眠りを剥がされ
現代人に手をさしのべようとしている

ヒマラヤの丘を掘れば
鯨の骨が5000年ぶりに
よたよた地上に這い出してくる

明石象が牙をむいて再生し
野尻湖からナウマン象とヒトの化石が出た
北海道でマンモスの化石が出た

微速度撮影で時間を縮めて見れば
地中から誕生した朝顔の成長の動きが
瞬間瞬間に捕らえられ
植物が異様な生きものとして迫ってくる

ヒト属の進化を微速度撮影したら
知性の色が皮膚に浸透してゆき
同時に皮膚から土臭いものが
限りなく出てくる
ヒトはものを考える石
ヒトは動作をする石

脳髄が過密

動物の中で最も簡単なアメーバ
生きてゆくためにアメーバにも核がある
細胞の中心にある一番大切な核

細胞の数が殖える
どんどん殖え生長する
生物は細胞として生きている
個体として
種として生きている

細胞が集まって　僕ができている
僕の祖先は木からおりた　猿の親戚
神は恵んだ　アジアに熊を　アフリカに象を

ペキン原人も
ネアンデルタール人（旧人類）も
アフリカの猿人も
直立歩行した
ヒト属
君も僕も大脳が発達し
進化し
歴史と伝統と文明を
頭にいっぱい詰め込んで
脳髄が過密になって生きている

影法師

僕が田んぼ道を散歩していると
向こうの川土手を
僕と顔立ちがそっくりの
僕としか思えない男が歩いている

土手の向こうには
光と影の葛藤の川が流れている
僕は知っている
向こうの僕はよそゆきの服を着て
流れに沿って歩いているが
光と影の鏡は持っていない

僕が立ちどまると
川土手に影法師が映っている
僕がとぼとぼ歩いていると
影法師は空を歩いている

僕が茫然として眼をつむると
瞼に僕がふたり映っている
二重身　ゲーテの微笑　doppelgänger
太陽の光はそのふたりには届かない

俯くと眼が開き
僕は溝に片足が落ちかけ
泥水にのめり込んでいる

そこで　第2の僕が踏みつけられ
孤絶の個が立っている
シラーの掛け声が僕の耳を潤す

When love with one another so
Interminates two souls
That abler soul which thence doth flow
Defects of loneliness controls.

—John Donne.

Ⅸ 死の上にかける橋

実りの初夏

初夏の麦は夭折の詩人たち
初夏の麦は早熟の娘たち
麦は実りの初夏を彩る
麦は実りの秋を知らない

麦畑は溢れる木々の緑に遠く囲まれ
見守られて　黄褐色の初夏を燃やす
広々と　燃える炎の麦畑は
太陽の光を独占している
実りの麦畑は野火の海
オレンジ色の麦畑は初夏の広大な饗宴

運命を悟った　うどんとパンは盛装して
この饗宴を満足そうに眺めている

麦が晩春を燃焼し　刈り取られようとする頃
初夏は始まる
小麦色の顔
インディアンの顔　東洋人の顔
スポーツマンの顔　釣り人の顔
農家の人々の顔　海浜の若い娘たちの顔

初夏の麦は夭折の画家たち
初夏の麦は早熟の娘たち
麦は実りの初夏を彩る
麦は実りの秋を知らない

美しいソプラノの歌手

濁流の向こうの岸に立っている
美しいソプラノの歌手の声が
ピアノに乗って
賢治の　白秋の　達治の詩が甦り
静かな　うらぶれた森にこだまする
詩人の魂が震えながら
手を差しのべる

濁流の向こうの岸に立っている
女性の透き通る声の響きが
風にさえぎられながらも
口の動きから伝わってきて
静かな　胸騒ぎのする森にこだまする
詩人の魂がよろめきながら
手を振る

濁流の向こうの岸に立っている
女性の声の向こうから
渋い涸れた男の声がして
忍耐の歴史が息づき
静かな古戦場の森にこだまする
詩人の魂が眩暈(めまい)を訴えながら
力瘤(ちからこぶ)を見せる

結婚風景

結婚した男女は互いに愛し合えるのだろうか
と男は訊く
いえ　愛し合えませんわ　結婚は義務を含み
本当の愛は自由でなければなりませんもの
と女は答える

わたしはこの30年間　女性の心理を
研究してきたにもかかわらず
今だに答えられないでいる問題は
女性は何を望んでいるかということなのです
とフロイトさんは言う

同じ趣味をもつ夫婦が同じ会に出席する
今日はお互いに他人になりましょうよ
と妻は言う
うん　そうしよう
と夫は待ってましたとばかりに答える

二人の男女は帰宅して　現実を煮詰め
再び夫婦となって　素朴に相和し
夢の深海を泳ぎ　種々交わすことがあった

結婚するのはそう難しくはない
維持し築いてゆく前途は
思案のしどころ　知恵の出しどころ
と男は心の中で呟く

自画像

セザンヌの自画像は
一面において　頑なで粗野で
一面において　小心な感じすら見られる顔だ

ピカソの　パンフレットを持つ自画像は
やや下目使いに何かを見つめながら
何やら考えているようだ
ピカソ25歳
世紀末の黄昏を抜け出した顔だ

もう1つのピカソの自画像は
角を鋭く描き　面を分析して描いている
キュービズムの芽生え
己れを凝視していて　力強さがある

ぼくの自画像は　苦々しそうな　辛そうな
複雑な顔をしている
ぼくの描いた自画像がぼくを睨んでいる

自画像はぼくに
生きよ　生に執着せず　生を厭わず
生きられるかぎり　よく生きよ
と言う
ぼくは自画像をじっと見つめて
よし　何かに打ち当たるまで行くぞ
馬鹿の一念で生きるぞ
と自画像に答える

白い鳥

西暦1999年の薄暗い朝がやってきて
駅前広場の上空を白い鳥が舞っている
鳩のようでもありグライダーのようでもあり
天使のようでもある

白い鳥は　とつじょ
白い丸いものを落として始めた
柔かい糞のようでもあり
小さな卵のようでもあり
固い銀貨のようでもある
どんどん落ちてくる　限りなく落ちてくる

無数のコインが　白く　きらきら
光って舞い落ちてくる
見物人たちは　大人も子供も　男も女も
われ先にと駆け寄り　掻き集める
高価な銀貨をポケットに詰め　胸に詰め
体の透き間や　穴という穴に詰める

さらに　自分の回りのコインを
無我夢中で掻き集め
人々はみな身動きができなくなっている

とつじょ　その銀貨が溶解し始め
銀の海となって
やがて　人々もろとも凍結してゆく
人間どもはみな両脚を天に向けて
凍ってしまった
紀元3000年の初めに
銀の氷が溶けて
甦る夢を　彼らは見つづけている

世紀末

きみの定めた世紀が　きみを縛っている
アルブレヒト・デューラーの描く
ヨハネ黙示録　の版画には
15世紀の終末の恐れが膿んでいる

神と人間のレゾンデートルを掴もうとしている
予言して祈る　祈って道が開かれることを願う

グスタフ・クリムトの描く女は恍惚として
19世紀は終わろうとし
終末の臭いを嗅いでいる
どろり　どろり　生臭い
唐草模様や金箔が東洋を誘っている

20世紀もいよいよ終末へと追いやられる
何か破壊的な一大事件を暗示するのは誰か
終末を予言するのは誰か
きみの定めた世紀が
きみの育んだ世紀が
きみを縛っている

死の上にかける橋

デトロイトもフランクフルトも神戸も
工事をやっている
道路工事　電気工事　架橋工事
いたるところで　上に下に
工事をやっている
工事はつぎつぎと進み　繰り返される

彼はクーラーの取り付け工事をして
夏を早春に変えることをせずに
家の中のあちこちに　氷柱をおいている

彼は人間の食事に愛想をつかし
犬の胃袋と取り替えようとして
胃袋の工事をしている
彼は脳髄に血がのぼらないようにと
血管の冷凍工事をしている

地球上の　世界の国々の
さまざまな人種の　さまざまな生物の
魂のかけ橋の工事も　じょじょに進んでいる
天へかける橋の　架橋工事は進まない
永遠へかける橋の　無限へかける橋の
工事はいつまでたっても終りがない

彼は死の上にかける橋の
工事をしている

X A Bridge over Death

Minoru Tanaka
(Minor Rabbit)

A Little Escapade

I, Shaken, get sick from drinking
With a dream of life on earth,
And leaving the land of insincerity.
Alone I put to sea in a small yacht,
I put out to sea, plowing through the greasy billows,
Timidly shouting at empty space
In a hoarse voice, out of breath.
The starry sky throws a silver shower of light
That falls like countless little shining eyes.
The yacht sails on, searching
For a dim human soul's whereabouts.

Faces of human beings, houses and roads
Of a city in a distant country are being
Absorbed in the far-off starry sky, getting
Smaller and smaller, blown away by the gale.

In a stormy sea my fragile body
Is shaken, and shivers. The sound of the waves
Attacks my beating heart fiercely.
From the darkness at the bottom of the deep sea,
My small sunken soul is shaken violently.

Driven by the rage of the furious waves,
Resigning myself to my fate, I find my way
Unexpectedly to a small island, and
My wounded body is saved by the island.

The Countenance of the Island

The ridge of the mountain overlooks distant places
So that I cannot bring anything into focus,
Making a square frame with hands.
I try to get a composition of a painting
Among all the scenery.
The shores in all directions wash
The shore's own faces by pallid waves.

The moon looks down on the island.
The moonlight is moist with dewdrops on grass,
At the feast tonight the eight members of
The family are dancing in a circle,
The dance's rhythm makes the face of the island smile.

Everywhere you look is green,
All creatures are tinted with green.
The crops are seriously damaged by the typhoon,
The cattle fall silent.
Like a crab camouflaged by seaweed,
All the family fall prostrate, closing their eyes
All are confined to their house.

Fruitful Early Summer

The wheat of early summer is like poets
Who die prematurely.
It is like precocious lasses.
It dyes the early summer yellowish brown.
But it never sees the real fall.

The wheat field is surrounded and watched
By the verdure of trees,
The blazing yellow wheat field monopolizes the sunbeams.
It is a sea of fire.
The orange wheat field is magnificent in early summer.

Just when wheat has ignited late spring
And it is about to be harvested, early summer begins.
Wheat-colored faces: sportsmen's faces,
Anglers' faces, farmers' faces,
Lasses' faces on the shore.

The wheat of early summer is like painters
Who die prematurely.
It is like precocious lasses.
It dyes early summer yellowish brown.
But it never sees the real fall.

A Japanese Chestnut of Burs she cannot Pluck out

One evening a lady kicked a Japanese chestnut of burs
That had fallen in the garden,
And she relieved her frustration.
That night, however, the chestnut dug itself into her chest
And she could not pluck it out.

Waking up in the morning she tapped her chest and
The chestnut jumped up and bounced on her chest.
Falling from her chest the annoying chestnut
Bounced onto the ground.
She felt relieved, seeing it.

Some chestnuts itched so she pulled them out; then
The wound opened and blood gushed out.
After the chestnut left her body
Her chest throbbed with pain, she felt
Nausea, oppression,
Suffered from smoldering discontent.

Cheeky chestnuts ! Showing resentment at them
She trampled them under her bare foot.
When she pulled off the outside burs,
A clean, smooth, brown chestnut rolled out.

Picking it up, she hurled it at a man,
The chestnut settled into his chest.
The lady gazed at her own chest, there in the wound
Was buried another prickly chestnut. And then
The lady has disappeared, been absorbed into the earth
With blood from excessive bleeding.

The Great Trees

In the midst of a sordid street
Three great black pines stood rising to the sky.
The old trees obstructed the traffic.
Yet they could not dispose of those old trees
Even after digging up their roots.

The roots of one of the great trees were damaged by
A construction gang and were about to die.
Another great tree was cut down yesterday
On the pretext of road improvements.

The last pine for some reason or other died quietly.
Its stump has been polished cleanly and enshrined
In the hall of the community center in the city.
That pine is some three hundred years old.
The city has been changing; more and more
The city is about to undergo a transformation.

The Zelkova

The man runs away into a hole in the trunk
Of a large zelkova several hundred years old,
Where he despises himself, since he is a coward.

Swallowing a lump of gold, he grows potbellied,
Throws out the chest, and exultantly looks up at the tree;
The zelkova that could not be despised looks down,
Spreading its green wings into the sky,
Throwing a large shadow on the ground,
Where a woman is sleeping.
Skyscrapers look down at the zelkova,
The sun and the clouds look down at the skyscrapers.

The man looks down at the woman who cannot be despised.
On her breast the names of successive,
Accomplished ladies are tattooed,
On her back the names of successive
Rough men are tattooed.
Ladies on her breast with their eyes dutifully aglow
Despise the men on her back.

Shaking himself the man stands before a massive audience
And says in a loud, discordant voice.
 "To a man a woman is a goddess, to a man another man
Is a lovable, hateful friend.
The goddess must not forsake the man.
So you, woman, please light a primitive fire
On civilized land and receive the world."

The man makes up the goddess' face
With powder from a cloud.
He makes the goddess' likeness with a brush of sunlight;
Inviting the goddess beside him,
He drinks a toast with the goddess.

But the goddess is uneasy on earth;
Instantly she gets into the hole in the trunk
Of the zelkova, goes up,
Reaches the top of the tree and disappears.
That man really feels responsible for this
And comes to the zelkova,
In which the image of the woman's soul dwells.
The world centers on and revolves round the zelkova.

The Last days

Toward evening just after the shower on Monday
The bare trees in the garden were left with
Only a few whitish-brown leaves.

On weekends a white haired old man stands
At the door with a metal rod on his shoulder.
He is a hardware merchant.
He asks us to give him some water because he wants
To take some medicine for asthma. And then
Saying, "I have to walk a few more kilometers."
He goes out.

Toward the end of the month when we went to the supermarket
The hardware shop next door had folded up.
White shutters had been put up.
We had frequented the shop. And the hardware merchant
Had often reduced his prices for us.
At the end of that year,
When the old merchant was taking down the shutters
He refused the request of a stranger
Who wanted to borrow money.

He refused the request of a woman
Who asked to use his lavatory.
To a man sitting astride a bicycle
Who asked the way,
The hardware merchant said,
 "This road will take you anywhere,
Even to the heaven."
The old merchant entered the hospital
And there on the white bed murmuring only:
 "I'd like to see the sky."
He left for the next world, life after death.

A Red Bridge

We walked along the road to Hikawa Shrine
Under an arch of fresh verdure.
The sacred ceremony of marriage was taking place;
There was a red bridge like a sunrise
and the two of us glowed brilliant
as we crossed the bridge.

We are walking along the same road,
As we did ten or more years ago.
It was the middle of May then too, but unlike then,
Today the carp in the pond are swimming
Like long-serving soldiers.
The swans in the faraway pond have given up swimming
And rest like statues.

Tortoises come to the surface
And dive back into the water
As if they had been abandoned by Urashima Taro.
Today the water of the pond is deep and stagnant.

All the gigantic trees add annual rings
Of civilization to themselves.
Thicker and thicker they grow,
Defending the First Shrine of Musashi
And looking down on the weakness of the human race.

Everybody Tumbles

Every face on the sandy beach smiles.
Bathed in the sun, naked children play tag and tumble.
Spectators are pleased with the scene.
Everybody is lying down, savoring the sea breeze,
I graze my knee and find it bleeding.
What I learn from this is that everyone tumbles sometimes.

It would be wise to walk with a stick so as not to tumble.
But even though we try not to, we are apt to tumble.
I have already tumbled seven times;
Gradually I become tired.
Tumbling in a hell on earth, and writhing in agonies,
Our souls experience the pain of death.

Souls of the world tumble,
The earth becomes a sea of fire.
And then men are devoured by the flames,
And tumble, ending up like baked sweet potatoes.
Baked human beings lie everywhere
And become the prey of God.
In the nocturnal sky the devil smiles.

A Personal History

Under the blazing sun on the sunburned zinc roof
I lay silently on my back, watching a man
Dangling from a helicopter.

My father is Japanese; my mother is American.
I was born when my parents were living in America.
We came back to Japan when I was a high school student,
And entering a Japanese high school,
I flunked the Japanese language exam.
And after that I went to a preparatory school.
At university I did not study so hard,
I always had a side job.

Fortunately I became a teacher of English
At a high school, but then I threw that job up.
I feel vacant in this world,
I feel wretched in this world, I can tell you.
I am a half-blood; a Japanese soul and
An American spirit are intermingled in my mind.
I have really lived half of my life
But partly I have been merely kept alive. Until now
My life has been like a swiftly passing dream.

A Scene of Marriage

"Is it possible for married people to love
One another?" a man asks.
"No, because marriage implies obligation
And true love must be free," a woman answers.

"The great question which I have not been able
To answer, despite my 30 years of research
Into the feminine soul, is what does a woman want?"
So wrote Sigmund Freud.

The couple have the same hobbies and are going to
Attend the same meetings.
"Let's be complete strangers today,"
The wife says to her husband.
"Sure," her husband answers promptly.

When the couple go home that night
They return to reality.
They again become husband and wife, and
They swim together in a deep sea of dreams.

"It's too easy to fall into marriage
And too hard to get out."
The naive husband said to himself.

A Couple's Path

On a piece of paper left on the desk by a man
There is written "The sole path."
The lady fetches a sheet of paper.
Quite smooth and sleek are both sides.
On it she writes "the couple's path."
She takes a walk toward "the couple's path."
On the way she buys several flowers at a florist's;
She walks along holding a bunch of flowers in her arms.
At a fork in the path, stands a signpost. In fact
Both paths lead to the same bank of the same river.

She has tried to be honest with herself;
She has tried to talk to him honestly.
Blown by the strong wind her hair is disturbed;
She walks pressing it down with her hand.
She walks along the bank in the direction of the current.
A dirty, little dog walks along behind her.
Two frogs swim against the current,
Competing with each other.
She stops to gaze intently at the swimming frogs.
The little dog passes the woman, who does not like dogs.

She notices a man walking ahead.
The little dog follows him and overtakes him.
He picks up the dog, embracing and hugging it.
While she gazes at the frogs,
He walks on the other side of the river
And comes near her, with the dog in a bag.
The woman speaks to him; he does not answer.
She tears up the flowers, spoiling them.
Then throws them into the stream.

Colorlessness

The man had not heard from the woman, since then.
Not even a telephone call, so that he hesitated
To call on her. Finally he could not endure it,
He gave her a call, but heard only the recorded voice
Of her answering phone from the receiver.

Colorless tidings, colorless life; both are nonexistent.
She doesn't exist for him; he doesn't exist for her.
There is not even a sober bridge between them.

The unemployed man tries to make himself exist.
He goes to her house, with a colorless reason
Of being in his pocket.
He carries an umbrella and walks fast, not looking up
At the sky of the rainy season
But looks vacantly at a church tower.

The man appears before the woman.
She is colorless.

He hands his reason of being to her.
Then she leaves him silently; he goes away
From her silently.
Jazz, rock-'n'-roll, folk songs, popular songs
Do not reach his ears. The man feels dizzy,
Becomes like a mummy without a soul.
He screams, howls, like a wolf in a trap.

Far in the Distance

The Magellanic Clouds are about 150,000 light-years
Distant from our earth.
Sirius is about V light-years distant.
There are stars about 10 billion light-years
Distant from earth.
Far off in the sky,
Centaurus is riding triumphantly across it,
Andromeda is dancing.

The universe was a fireball long, long ago.
It has been expanding.
But it may begin to contract.
This universe, which was born 20 billion years ago,
Has been expanding with Homo sapiens' dream.

No one knows how and when the universe will end.
No one knows when time will end.
Yet, your and my lives on earth will surely end.

The End of the Century

In the woodprint of the apocalypse
Which Albrecht Dürer drew, festers the horror
Of the end of the fifteenth century.
Dürer tried to grasp the raison d'être of God
And human beings, foretold, prayed
And wished to find the gateway to life.

Women painted by Gustav Klimt are in ecstasy.
The nineteenth century was coming to an end
And smelled of flesh, pulpy and pasty,
His pictures had arabesque designs with gold foil,
Which smacked of the Orient.

The twenty century is about to end;
The twenty-first century is just around the corner.
Who knows what is in store tomorrow?
Somebody says something is likely to happen.
Somebody suggests that a great event will happen,
That something destructive will happen.
Somebody predicts a finale.

Self-portraits

The self-portrait of Cezanne is partly stubborn
And rough, partly timid-looking.

The self-portrait with a palette of Picasso
Seems to be thinking of something.
Gazing at something, with slightly lowered eyes,
He was twenty-five years old.
This is a face that has slipped out
Of the dusk of the end of the nineteenth century.

Another self-portrait of Picasso is painted
Sharply in angles and analytically in planes;
This self-portrait of his has the vigorousness
Of someone staring at himself.

My self-portrait is painful,
Bitter-looking, complex-looking.
My self-portrait is keeping an eye on me.
The portrait says to me, "Live, but
Don't get excessively attached to life,
Don't dislike life. Live as properly as you can."

I look hard at my self-portrait and reply,
 "Well, I will make great efforts
Till I hit on or hit against something.
I will live an absurd life energetically."

A Deep Attachment

Yokoyama Taikan painted only the ideal Mt.Fuji.
The image of the wintry Mt.Fuji excites sympathy
In my breast and turns my soul pure-white.

Mukai Junkichi painted only houses with thatched roofs.
From the tranquility of a farmhouse surrounded by trees,
The smell of the breathing soil and refreshing green
Comes to me.

Togo Seiji painted only fairy-like ladies.
There is faint fragrance hovering in the air,
Like something in the twilight.
The image of a lady burns phosphorescent;
Somehow I vibrates with it.

I only paint clouds, but
My painting does not suggest anything beyond clouds,
So it is uninteresting; it does not grasp true beauty.
When my soul was embedded in a cloud,
I get a little nearer to the sun,
And a little distant from the world below.

A Beautiful Soprano

When she stands on the bank across a muddy stream,
The voice of a beautiful soprano, accompanied by a piano,
Reviving poems of Miyazawa Kenji,
Kitahara Hakushyu and Miyoshi Tatsuji,
Is echoed by the tranquil, ragged forest.
Souls of poets, trembling, extend their arms,

When she stands on the bank across a muddy stream,
Though hindered by the wind,
Her voice is transmitted by the movements of her mouth,
And is echoed by the placid, threatening forest.
Souls of poets, staggering, wave their hands.

Above the voice of a woman
Standing on the bank across a muddy stream,
A man's well-trained, polished voice can be heard,
A history of endurance gasps and is echoed
By the serene forest on an ancient battlefield.
Souls of poets, feeling dizzy, flex their biceps.

A Moderate Summer

He is inclined to respect Aristotle,
He appreciates Aristotle's virtue of moderateness.
He does not live in a vertical society
Nor in a horizontal society,
But he does live in an oblique society.

When he goes out, he wears Western clothes
But at home he wears a kimono.
Wherever he goes he takes the Bible
Or the Buddhist Scriptures.
He has his beefsteak neither rare nor well-done but medium.

He lives in a house made of both concrete and wood.
He gets drunk and looks on a game of go.
He says this and that to the players in the middle
Of a play but he himself never plays.

He assumes the attitude of an onlooker
And is proud of it. He does not realize that
Non-players usually understand the game best.
He travels with a cynical view of life.
In summer his family travels as a recreation
Neither for a day nor for a whole week,
But rather for three or four days.
This keeps their summer moderate.

How is your Self-confidence?

This master carpenter has consistently been building
Houses, which keep off the wind and rain, which foster
Small or great dreams.
Ask the carpenter about houses
And he will surely talk about his confidence in them.

This chef has been cooking delicious, stylish dishes.
His tongue knows everything, sour or sweet,
And knows innumerable tastes.
The gourmet eats his dishes with much gusto.
Ask the chef about his dishes
And he will surely talk about his confidence in them.

This captain of a fishing boat does not call
At the Port of Kobe nor the Port of Naples,
Nor the Port of San Francisco.
He has smelt the tide and become intimate
With the high seas.
Ask the captain about the sea
And he will surely talk about his self-confidence in it.

This elder has been walking the forests of wisdom
And the unknown deserts of life.
He has traveled in the Temperate Zone, the Torrid Zone,
The Subtropical Zone. The Frigid Zone and so forth.
Ask the elder about the world
And he will surely talk about his self-confidence in it.

From the port a man gets on a ship and travels.
He is going to have confidence in the rudder of his ship
Until he comes to the age of being asked
About his confidence in his vocation.

An Eyeball

An eyeball gouged out lies on a plate,
The eyeball is dripping blood
And complaining of fatigue from reading books.

It will never return to its old socket.
In the eyeball there is the mark
Of an injection to stop bleeding there.

The eyeball is glaring and greasy,
It gives off a smell of alcohol.

When I lick the finger that has touched the eyeball,
It tastes salty like tears
And it makes my tongue tremble.

Never-overawed Faces

Like a frog swallowed by a snake
A child was swallowed by the river.
A drunken man lay on the underpass.
A young woman grieved, moaning that
Her husband had spent all his salary.

There was a man who could never speaks,
Overawed by the atmosphere.
There was a never-overawed face keeping its composure.
Then there was a bitter face,
A disgusted face, a cynical face;
But there were an exceedingly great number
Of serious faces.

Getting rid of Anxiety

He plucks the anxiety from his heart.
His anxiety is gotten rid of for a time,
Becoming dust and wandering about in the air.
But in a moment this anxiety finds
Its way back into his body and builds
A nest in his heart.

The selling of the medicine of relief being prohibited,
Everything is colored by the medicine of anxiety.
Anxiety about car, railway, shipping
And airplane accidents, anxiety about earthquakes or
Or fires becomes subcutaneous fat.

Anxiety about being left alone,
Anxiety about love's being a scallion,
Anxiety about getting old and dying a natural death
Dwells in the stronghold of his heart
And will not leave it.
This anxiety decides that the interior
Of his body is the place for peaceful living.

I Conclude

Since I can no longer stay in a quiet room
Where I usually lie and live an idle life,
I leave the gloomy, sequestered room.
I leave my room, taking a large worn-out suitcase
With me, I act impolitely to Lao-tsze
Because I would like to discard my idle, natural life.

In the train I fold a piece of paper
Into the shape of a tapir (baku), I fold another
And another, and look at them on my knee.

And there is an encyclopedia in the suitcase,
From the dusty bottom of it there grow
Feeble sprouts of soybeans, on which I sprinkle
Medicine for calming choler and make them wither.

From inside the encyclopedia a crumpled pawnbroker's
Ticket came out, and sniffing the mold on the ticket,
I fold it into the shape of a crane.
And then selling the crane along with the encyclopedia,
I conclude the summer vacation.

I will enjoy the last day of the summer vacation, so
I will go to see the synchronized swimming,
I will watch the slender naked girls dancing
Gracefully and fascinatingly in the water.

Rumors

It was rumored that the sale of cigarettes
Would be prohibited.
Some people hoarded cigarettes, others stopped smoking.
One man kept silent without smoking
For seventy-five days. In the end the rumor proved false.
He did not succeed in stopping smoking.

Another man trusted the rumor and
He was swallowed up by the rumor and was defeated by it.
He went out of this earthy life,
Taking a handful of internal organs from his body.
The inside of Mt. Nantai became hollow, filled with smoke.

A woman felt depressed and sick.
It was whispered that she fell ill and then died.
Really she died because she heard a rumor about her death.
She was defeated by the rumor.
It won a majestic victory over her.

The woman died and all Homo sapiens
One after another were ruined.
Dogs and cats went wild and they began to use fire.
Smoke from rumors that made people panic disappeared,
And then from nowhere there drifted
A pleasant fragrance of rumor. White gardenias were in bloom.

Groans

Some writing paper is on a celluloid board,
The board strains the paper,
A girl is writing a haiku poem on it,
It groans under the pressure of her pen,
And then in due time it decays, being badly broken.

The girl has been trapped under a stone wall
Blown over in a typhoon.
Her groans are heard,
Her voice is moanful under the immense weight of the stone.
It penetrates the bodies of the frightened men around her.

The groans of the girl trapped under the stone wall
Are noted down by a reporter
And photographed by a scared cameraman.

The cameraman groans, oppressed by a shaking hierarchy;
His colleague grasps his right arm,
Feeling his feeble breath., tries to pull him out
The shrewd man's arm is torn off, bleeding.
His friend is also trapped, his freedom taken away,
Beside these crawling men,
A fruit cricket, only,X millimeters long,
Tinkles and tinkles in a gentle, beautiful voice.

Complicated and Intricate

The insides of our heads and bodies are complicated,
Under the ground water pipes and gas pipes are complex,
Everything is intricate and entangled.
On the ground cars run everywhere in confusion,
Overhead electric wires run in all directions,
Airplanes and electric waves in the skies
Fly high and low everywhere in the world,
Everything is intricate and elaborate.

The swimming pools get crowded, children jostle
One another, talking noisily, and dive into the water.
Someone having just been drowned,
Everything is in the shambles.

People crowd around the swimming pool, talk gets complex
And everything gets complicated and complex.
Information flits about, in intricate patterns.
A bronze-colored butterfly flutters about
In the complicated circuit of your brains.

Your spirit is unsteady and intricate;
The insides of the towns, houses, mountains, trees, seas
And shellfishes are intricate. The earth, the world
The mind and brains are complex.
All are intricate and unsteady,
Everything is in the shambles.

White Birds

A gloomy morning in 1999 A.D.
White birds are circling over our heads,
In the square in front of the station.
They appear to be doves, or gliders, or angels.

Suddenly the white birds begin to drop white things;
They appear to be feces, or little eggs, or hard coins.
They are falling one after another
In swarms, falling endlessly.

Countless coins are falling, fluttering white,
Shining brilliantly. Spectators of adults and children,
Men and women rush to get the coins all at the same time
And scramble in an attempt to catch them.
They quickly put expensive silver coins in their pockets,
In their vests, in their caps or hats, in everything.

More and more frantically they rake up the coins
Around them; then suddenly they can no longer walk or move.
All of a sudden these coins begin to melt
And make a silver sea; before long people are frozen
In the silver glacier.
All of the human beings have frozen,
Their legs sticking out of the ice toward the heavens.
They dream that in 3000 A. D. the silver ice will melt,
And they will be resurrected.

Her Soul is Washed

I washed burdocks and radishes fresh from the field;
I washed the blood that circulates in my body,
And washed my brains, and then I held a rifle
Ready to shoot a wild boar wandering nearby.

In the highlands of New Guinea, meeting a primitive tribe,
I washed away modern civilization and modern knowledge,
But I was speared in the buttocks by a stranger;
Enduring the pain, I pulled the spear out.

The coast is washed by billows; a woman washes her hands
There, suddenly a sea breeze blows her skirt up.
The dark corner of her heart is washed by clean seaweed.
The book under her arm drops down to the sandy beach,
Civilization bites sand, sand bites civilization.

Washing her breast by watching a fishing fire
Of the squid-fishing boat,
She wipes cobwebs from the inside of her breast.
Light from the fire flies into her eyes like ignis fatuus.
The ignes fatui build their nests in her heart,
And they illuminate the inside of her body,
And somehow her soul is washed and cleaned.

A Bridge over Death

Things are under construction
In Detroit, Frankfurt and Kobe.
Road construction, underground construction, bridgework.
Everywhere, up and down, they are constructing things.
Construction proceeds continually and relentlessly.

The man, Spearen, does not have an air conditioner
To change hot summer into early spring,
He puts blocks of ice here and there in his house.
He is disgusted with human food,
He wants to be operated on for his stomach and he hopes
The stomach of a dog is transplanted from the dog to him.

He tries to freeze his blood vessels
In order to prevent the excessive circulation
Of blood around the brain.

The construction of the bridge
For different races
For different living things over death
Proceeds all over the world.
The work on the bridge to heaven does not proceed.
Nor on the bridge to eternity
Nor on the bridge to infinity.
He is constructing a bridge for the soul over death.

田中實の詩と画の宇宙
（舞汝羅人）

（寸　評）

詩集『凡愚　羅人どん』(2016)について

寸　評　　三上紀史　田仲　勉　阿出川祐子
　　　　　網代　敦　鈴木　聡　中村雄大
　　　　　柴田陽弘　三輪和子　三島チカ子
　　　　　窪庭孝子　浦磯明実　土井俶子

三上紀史

　このたびは詩集『凡愚　羅人どん』をお送りいただき、ありがとうございました。通読させていただきました。前作の『迷夢　羅人どん』と同じように、古老の心境がうたわれていて、前作の続編といってもよかろうと思います。ただ前作より「かろみ」や「諧謔」が多く加味されているように感じられます。この詩集は老境を内省する哲学老人の、いわばやさしい戯画といってもよいかもしれません。

　老人の脳裏には、過去に体験した記憶の断片が、脈略なくよみがえってきます。よみがえってきた体験はささいなことでも、本人にとっては重要な意味があるのかもしれません。最初の4編「羅人くん人攫いに」「ケロやんの蛮勇」「正義漢竜ちゃん」「過つはヒトの常」などの幼少時の思い出は、まさにそのような記憶であろうと思われます。

　その反面、よみがえってくることのない忘れた体験の中に、重要なものがあったかもしれないという疑念も浮かんできます。ひょっとすると、これが心中の重いプレシャスな忘れものになってはいないだろうか(「プレシャスな忘れもの」)。

　また記憶の断片は、それを体験したときには何も感じなかったにもかかわらず、「恥ずかしさ」と「後悔」をともなって、生々しくよみがえってくることがあります。「凡愚」「愚昧」「愚か者」「不束者」「鈍感」「愚鈍」「無骨者」「愚生」「せっかち」という、自分をさげすんだ言葉が、ひんぱんに表われることになります。これは自己をシニカルに見た諧謔的表現で、自己愛の変形とも思われます。また、Minoruのuをとりさ

ってMinorとし、ニックネームをMinor Rabbit（舞汝羅人〔まいならびっと〕）（「永遠に未完成か」）としたところは、まことに上手いしゃれだと感服しました。このニックネームの中には、「お前はこの世で、まだまだ舞いつづけよ」という、自分に対するメッセージもこめられていると推察しました。
　古老「羅人どん」は諦観や悟りに近づかず、

　　老者が生きるに値するのは
　　老いても夢を追いかけること
　　老子流の行雲流水の良薬により
　　いつも死神を眠らせておこう
　　　　　　　　　　　　　　（「老い　キケロさんほか」）

という生き方を選びます。その生き方は老子風に「自然に従う」ことで、

　　今を憩う　庭のデイジーを愛でながら
　　　　　　　　「今を味わう」

ということだと思います。

　　羅人どん　夢は荒れ野で立ち往生
　　　　　　　　　　　　　　　　（「芭蕉さんの宇宙」）

これは芭蕉のパロディでいまだ夢をすてきれない老境をうまく表わしていると思います。
　この詩集の主人公「羅人どん」は、もちろん田中實氏の化身ですが、あくまで客観化された登場人物として読むべきだと思います。実は、私も老境にはいっているので、「羅人どん」に共感するところが多々あり、面白く読ませていただきました。お元気でさらに詩作をつづけられることを祈念しております。

田仲　勉

　羅人どん、お誕生日おめでとうございます。誕生日を前に刊行された詩集『凡愚　羅人どん』をお送りいただきありがとうございました。
　前半の羅人クン幼少の頃の追想を楽しく読み始めたのですが、「永遠に未完成か」から後半にかけては、途中で目を離して数行前に戻り、又読み出しては前作を参照することを繰り返しながら読了いたしました。
　前作『迷夢　羅人どん』では過去の歴史的偉人たちを、さも同世代人であるかのように「〜氏」と肩を並べて語っていたのが、今回の『凡愚　羅人どん』では老子さん、キケロさん、芭蕉さん、西脇順三郎さんと親しく呼んで、さも少しだけ年長の先輩に学ぶような姿勢に、現在の羅人どんの心境を垣間見ています。
　また、巻中いたるところに頻出する「愚か者」「愚純」「凡愚」「盆暗」「愚者」「愚生」などと、限りなく自嘲する羅人どんが「断じて猿まねだけは唾棄！」と毅然と断言するところに、羅人どんの高潔な精神を感じます。「煩悩の呪縛から逃れられないままの凡愚の輩」と自戒する羅人どんが、無為自然、行雲流水、超自然から自然に回帰した先輩哲人、詩人たちに近づき、自らも現世を超越する「超成人」を名のり、「今を生きる、瞬間瞬間を生きる」と讃う姿が輝いて見えます。「種から芽が生じ、枝が生じ——木になり——実を生らせる」という自然の摂理に則って、minor に再び u を付けた実り豊かな日々を、楽しくお元気にお過ごしになられますように。

阿出川祐子

　この度は『凡愚　羅人どん』を御恵送賜り、誠にありがとうございました。今回のものが８冊目の詩集ということで、素晴らしい珠玉集を途切れることなく上梓されておられることに感銘を受けました。
　先生の作品群は、世界の芸術家、文学者等に対する該博な知識と深い洞察に基づく鋭い観点を示しておられますが、同時に我々の日常をとりまく人間や自然に対する穏やかで暖かな心情に気づかされるものでもあります。
　今回は特に御幼少のころの思い出が最初の章に配され、興味深く味読

させていただきました。また、「空飛ぶ仙人」「今を味わう」「無為の老子さん」を始め、ほとんどの作品に、「何かと不条理」で「厳しい」現実を一時離れて、空想の世界を悠々と漫遊されているお姿が写し出され、先生の日常の生活をうかがい知ることが出来るように感じました。

綱代　敦

　過日は新しい、先生の物語詩『凡愚　羅人どん』をお送り下さりありがとうございます。子供の頃からの弾むような足取りの流れが詩の底流になっている感想を抱きました。興味津々の日々が物語となって詩に結晶化されているようです。お元気で更なる御詩作を。

鈴木　聡

　一羽の兎が野山を駆け巡っている。この兎は、一見、何の意味もなく様々な場所をさまよっているように見える。しかし、その様子を注意深く見つめていると、その兎の耳が羽になり、白鳥へと変化した。そして白鳥は皆の視線を独り占めしただけでなく、心までも魅了し、大空へと舞い上がり、上空から人々の姿を見つめている。

　本書『凡愚　羅人どん』は著者の豊かな人生経験とこれまで言葉に対して真摯に向き合い、緻密な研究成果を融合して生まれた珠玉の作品集である。この作品集を通じて読者は著者の鋭い洞察の中にも人に対する深い愛情を感じることができるだけでなく、著者自身の手による表紙の絵画からもその優しい心を感じられるものとなっている。

　そのため、何気ない日常だけでなく、生活に疲れ、困難な場面に直面したときに本書を読むと、一服の清涼剤となり、読む者の心に潤いを与えてくれるだけでなく、愛と勇気と希望と叡智を与えてくれるものと確信する。是非、本書を多くの読書人にお勧めしたい作品集である。

中村雄大

　『凡愚　羅人どん』、早速読ませていただきました。「無為の老子さん」をはじめとする古今東西の知の偉人たちの、叡智巡りとでも云う飄々とした作品は大いに楽しめましたし、学ぶことの楽しみを再認識させてい

ただきました。

　個人的には「自分の名前が難儀」に大いに共感いたしました。というのも、自分の名前「雄大」は戸籍上「たけひろ」と読むのですが、キラキラネームではありませんが、読める人はまずいません。

　幼少期からの知人は、私の名前を音から憶えているのですが、小学校の頃から自分で名前を「ゆうだい」と云っていたので、ごく限られた人が、いいかえれば、本当に親しい人だけが「たけひろ」と呼んでくれていたのです。

　ところがここ数年、仕事の関係で頼んでもいないのに事務所から一方的に与えられた、「nakamura-takehiro」と表記されているメールアドレスを使うことが多くなり、顔すら知らない人から本名を呼ばれ、誰に断ってその名前を呼んでいるのだ、と実に居心地が悪いです。

柴田　陽弘

　このたびは御高著『凡愚　羅人どん』御恵贈賜わりまして衷心より御礼申し上げます。「永遠に未完成」にて御名の由来もわかりました。求道者の「羅漢」さんにも通じますネ。

三輪和子

　今回また素晴らしい御本をお贈りいただき恐縮いたしております。表紙のお猿さん可愛いですね。先生の現代詩の表現いつも感服しております。ユーモラスでもあり、また繊細な面も持ち合わせていらっしゃる先生のお姿が見受けられます。益々の御活躍をお祈り致しております。

三島チカ子

　詩集ありがとうございました。大変な生活の中での出版、私達のお手本になります。諭吉さんの詩を読んで、私も福翁自伝を読んでみたくなりました。又、最後の詩の解説、大学の講義のようで、とても楽しく勉強になりました。色々大変だと思いますが、これからも詩作におはげみ下さい。

　　　　　　　　　　　　　　　　　　　　窪庭孝子

拙い私でも共鳴するところ多々ありました。

　　　　　　　　　　　　　　　　　　　　浦磯明実

　詩集『凡愚　羅人どん』、拝見させていただき、ひとつひとつの言葉や、韻をふむなどの使い方、重ね方などに、大切な意味があることを知りました。そう思って読み返すと、また違った発見がありました。また、読んだときの自分の気持ちや状況などにも左右されるのではないかと思いました。詩は奥深いですね。私は名前に「実」の字が入っているので、「自分の名前が難儀」の１編を、とくに楽しく拝見しました。そして、本の装丁も、田中様の表紙の絵が印象的で、とても素敵でした。

　　　　　　　　　　　　　　　　　　　　土井俶子

　先生の詩集『凡愚　羅人どん』をお送り下さいましてありがとうございました。ページをめくる楽しさと言葉のリズムが、私の心をほっこりさせて下さいます。「あとがき」まで読んで、えっ！私の名前が…、大変びっくりしました。先生の詩集が私の宝物になりました。

詩集『迷夢　羅人どん』(2015)について

寸評　三上紀史　田仲　勉　中込祥高
　　　菅野徳子　三島チカ子　駒村利夫
　　　中村雄大　新井よし子　土井俶子

三上紀史

　このたびはご自身の詩集『迷夢　羅人どん』をお送りいただきありがとうございました。通読させていただきました。前作『道草　羅人どん』の境地から、さらに自己をみつめる視点が多角的になっているように感じました。「古老」の静かな境地もうたわれていますが、むしろ「迷いながらも　夢を描き続ける」「迷夢から覚めぬまま迷いの時代を生きる」(「羅人どんの絵の先生」)というテーマの上に立って、哲学する老人の思考の断片がちりばめられているように思います。

　　羅人どん　石瑠(ざくろ)の尖り口に己を見た
　　　　　　　　　　　　　　　　　　　(「不条理蔓延」)

という面白い比喩表現で、自分を未熟な青二才と見て、「自らを咎め」続ける老人の姿が描かれているように思います。また、シャガール、アドラー、ワーズワス、ロレンス、ゲーテ等の思想が論理的にではなく、感覚でとらえられて、緻密な「落書き」のような詩になっているところが、面白いと思いました。

　全編から、「古老」はいまだ「迷える羊」として、さらに何かを求めているという姿勢がうかがえます。そして「不条理」に囲まれている「不安」もところどころに暗示されています。たとえば、

　　羅人どん自身がsheepskinとして
　　店で売られている不思議な夢

　　　　　　　　　　　　　　　　　　　　──「迷夢　羅人どん」

　お元気で詩作を続けられることを祈念しております。

　　　　　　　　　　　　　　　　　　　　　　　田仲　勉

　この度は詩集『迷夢　羅人どん』をお送りいただき有難うございました。前作の『道草　羅人どん』からまた一層高潔さを増した作品群を楽しく、また敬服しながら読み返しています。西洋の名だたる哲学者、詩人、画家達を「～氏」と語る姿勢に傘寿を迎えられた先生の到達された高い心境を感じております。誰しも逃れることのできない生死の不条理を詩人の目で思索しながらも、人生を近くからまた遠くから俯瞰する画家の目は、その悲喜を超えた世界を夢見る、道草・迷夢と自嘲しながらも、達観して着実に前進される生き方に、ただただ敬服するばかりです。

　　　　　　　　　　　　　　　　　　　　　　中込祥高

　この度は、先生の詩集『迷夢　羅人どん』頂きまして誠にありがとうございました。誰しも、多忙な日常にとらわれ、心のゆとりを失いかけている時に、羅人どんの巧みな言霊（球）は、届きそうもない心の奥底に癒しと気づきを与えてくれるのではないかと感じています。

　　不条理を敬遠せず不条理と握手する
　　人生は近視眼的には　　tragedy
　　人生は遠く大空から眺めれば　comedy
　　　　　　　　　　　　　　　　　──「不条理蔓延」

　　ただ　今ここ　今を精一杯生きる　味わう
　　今の着実な積み重ねが人生
　　What's done cannot be undone.
　　Here and now に徹する
　　　　　　　　　　　　　　　　　──「Here and now」

これらの一節から、人生の様々な事象に直面した時に、大局的な視点を持ち、かつ地道に歩むことの大切さを感じました。

　　羅人どん　40代のまだ働き盛りのころ
　　人生半分道中のころ　道に迷って
　　ジグザグの道を　あてどなく歩き
　　シャガール氏に再会して心の活路を得た
　　　　　　　　　　　　——「飛翔するシャガール氏」

　卒業後20年近くなりますが、良い出会いやご縁というものが、生きることを、生かすことにつながっていることを実感しております。先生からいただいた言葉や詩のかずかずは、40代の私にとって、これからも心の活路になっていくものと感謝しております。御嶽山の大噴火、ネパール大震災、関東東北豪雨、最近ではフランスのテロ事件など、人間も自然の一部と考えれば、災害は絶え間なく起きています。「ヒト族」の行く末を案じる声に耳を傾け、不条理と握手することの大局観。私自身も、できることを着実にやるしかないと思っています。

　　　　　　　　　　　　　　　　　　　　　　　菅野徳子

　「ケンちゃん物語」「やぶにらみのルナちゃん」愉しく読ませて頂きました。「花に虚実なし」とても良い詩です。

　　　　　　　　　　　　　　　　　　　　　　　三島チカ子

　先日は詩集をお送り下さりありがとうございました。今回も80年という時間と博識がユーモアにつつまれて、愉しく読ませていただきました。ワーズワスさんやゲーテさんを身近に感じて、少し賢くなったような気がして、うれしくなりました。詩作と絵画があるからこそ、毎日の大変な生活を乗り越える力が出るのですね。表紙絵はだれかの絵の雰囲気が似ていると思いましたら、シャガールでした。

　　　　　　　　　　　　　　　　　　　　　駒村利夫

　早速通読させていただきました。特に「御嶽山大噴火」は忘れられません。

　　　　　　　　　　　　　　　　　　　　　中村雄大

　『迷夢　羅人どん』、早速読ませていただきました。久しぶりに読書の愉しみに浸りました。読みながら、これは現代の寓話だなあと思いました。特に「天国と地獄のカプリッチオ」と「不条理蔓延」の二作は、毎日、プライドが肥大し、誇りを失った者の苦情処理に追われている精神の、清涼剤になりました。

　　　　　　　　　　　　　　　　　　　　　新井よし子

　過日は『迷夢　羅人どん』をお送り下さいましてありがとうございました。大変楽しく読ませて頂きました。先生のすばらしい発想や創作力に感動しております。私は現在のところ、健康だけがとり得で、健康長寿を願いながら、せっせと体を動かし、家事やお茶の稽古に励んでおります。

　　　　　　　　　　　　　　　　　　　　　土井俶子

　詩集『迷夢　羅人どん』のお礼が遅くなってしまいました。楽しい（表紙）絵ですね。思わず何人いるのか、何匹いるのかと夢の楽園に浸っていました。頁をめくってはくすっと笑ってみたり、言葉のパワーにはっとしたり。大変素敵な贈物をありがとうございました。

詩集『道草　羅人どん』(2014)について

寸　評　　三上紀史　田仲　勉
　　　　　網代　敦　三島チカ子
　　　　　中村雄大

三上紀史
　この詩集全体に、先生の現在の心境が独特のかたちで、うまく表現されていると思います。次の詩句には私も深く同感いたしました。

　　人生の時は　いつのまにか色あせて行く
　　羅人どんの時は　熟すことなく
　　向こう見ずの青年のよう
　　いつも力を出し切っていて　余裕がない
　　新たの時は新たの芽を出し葉を茂らせる
　　人生の時は　羅人どんにとっては
　　時間をフルに活用したつもりが
　　何の　長い長い道草に過ぎなかったのだ
　　　　　　　　　　　　　　　　　　　（「時は不思議」）

　それでも自分の生き方をつづけていかなければなりません。あるものを追求しながら。

　　赤く染まったドウダンツツジの葉がそろい
　　心の痛みを羅人どんに訴えている
　　木枯らしが吹き紅葉を落として行く
　　その一瞬を永遠の絵にしたい
　　　　　　　　　　　　　　　　　　（「絵筆は一瞬に永遠を」）

一瞬を永遠にする仕事とは、

事実を　糊塗せず　のびのびと
　　事実を　深い淵へと落下しないように
　　自由に描きすすめていく
（「自由を塗る」）

　われわれは、死が近づいていることを知りながら普段はそれを忘れて生きています。

　　羅人どん　あえて死を正視せず
　　横にそっと置いとき　死を忘れて
　　さりげなく生きてる羅人どん
（「死は遠く近くに」）

　それでも時には自分を深く見つめて自分とは何かを見極めたくなります。

　　羅人どん　自分の心の沼地を
　　一望のもとに　見極められない
　　internal monologue によって
　　stream of consciousness を探索し
　　自分を知ったと錯覚している
　　羅人どん　自分自身の略図を妄想する
（「略図を妄想」）

　人生の冬の季節を迎えた私も、自分の心の整理をしようと試みながら、死を忘れてさかんに「書く」という活動をしています。だんだん寒くなる時節に向かいますが、お体を大切になさって活動を続けて下さい。

田仲　勉

　何とまあ、自在の世界に悠然と遊ぶ豊かなことばの園が生まれたことでしょう。傘寿を迎えて詩人の魂は羅人どんという客体を確立し、自己

の内面を客観視する「向こうみずな青年」になり、ユートピア、永遠、理想を思索、逍遥する。メメント・モライも永遠もワーズワスも沙翁も月の女神も弥生さんも多摩川も古墳も、全てをいとしい目でつむぎ、老いては無為と自嘲しながらも、おのずと笑みがこぼれ、万物が大いなる円環に編みこまれる。何ともうらやましい生の謳歌、齢を重ねられて詩想が一層輝きを放っています。先日の御嶽山の噴火は偶発ではなく羅人どんの神通力ではないかと怖れるばかりです。

網代　敦

『道草　羅人どん』を拝受いたしました。傘寿をお迎えになられたとのこと、まだまだ若々しい先生のお姿と、詩の文言の中に踊る言葉の若々しさに驚いております。「道草」というタイトルも意味深い、先生の歩まれて来た人生の表現だと自分ながら勝手に解釈しております。お元気に日々お送りなされますように。

三島チカ子

そこはかとなくユーモアがあって、どうしてこんな言葉が紡ぎ出されるのかと驚かされました。……のかたわら、これだけのお仕事をなされるエネルギーがどこから出てくるのでしょうか。

中村雄大

『道草　羅人どん』をお読みし、久しく詩を愉しむことがなかったので、いたるところにちりばめられたモザイクを堪能いたしました。お気に入りは、「西脇順三郎の晩年」で思わず笑ってしまいました。

詩画集
『シェイクんの夢　スピアんの芸術』(2012)について

寸　評　　谷口哲郎　菅野徳子　三上紀史
　　　　　田仲　勉　網代　敦

谷口哲郎

　『文体力』に引き続き、田中さんのたくさんの絵に触れる機会を頂き、わくわくページをめくりました。シェイクスピアの戯曲それぞれを題材に絵は描かれていますが、詩はまた「淺川」など固有名がでてきていて、ユーモアのある詩篇で、シェイクスピアの固有名を分解されて、田中さんのいずれも分身的な役割を負っている感じですね。その両者が一つになる時、夢の芸術の場所が開けます。

　個人的には、途中で登場する「弥生さん」がとてもいいですね。弥生さんと「淺川」と「ふれあい橋」という固有名が放つ実在性が詩や絵の虚講性を現実につなぎとめ、語り手を何かリアルにしているように思いました。英詩を論ずる力は私にはありませんが、冒頭のいくつかの詩篇には、マラルメの海の微風など海の難破と魂の遊離を想起しました。島や家族も登場しますが、この島は「夢の芸術」の場所でしょうか。楽しませて頂きました。

菅野徳子

　夢とファンタジーにあふれる楽しい絵とシェイクん・スピあんのfraternityに満ちたユーモアに思わずにこっとしてしまう詩をたくさん有難うございます。A Bridge Over Deathは、日本を自然・文芸など英語で詩になされてすばらしいです。編集・装丁もすてきです。拙い語学力のため電子辞書を片手に読み進めました。The Last Days、Everybody Tumbles、Colorlessnessは私にとってわかり易く死を見つめている詩であることがわかります。人間は幾つであっても常に死と隣り合わせで、死を見つめなくてはならないと思います。

　　　　　　　　　　　　　　　　　　　三上紀史

　シェイクスピアの作品とご自分の人生の道程や折々の思い出が不思議な方法で融合しているように思います。楽しい本になっていると思います。絵の中では「夏の夜の夢」「ヴェニスの商人」「仙人」などが面白いと思います。

　　　　　　　　　　　　　　　　　　　田仲　勉

　暖かい色彩で描かれたシェイクスピアの登場人物が楽しく生き生きしていて、思わずページを前に後に繰っています。楽しい詩が多い中で、'Fruitful Early Summer' がとても気に入っています。楽しく読ませていただきます。

　　　　　　　　　　　　　　　　　　　網代　敦

　シェイクスピアの作品に対しての一つ一つの先生の絵のタッチと詩から東西文化の融合を、まさしく感じ取りました。

詩画集『逆立ち男』(2004)について

寸　評　　長崎吉晴（勇一）　三上紀史
　　　　　阿出川祐子　　　　網代　敦

もっと笑いを、もっと風刺がほしい

長崎吉晴

　友人田中實さんの近著詩画集『逆立ち男』を読み進めるうちに、私は老衰中の運動不足を忘れて、しばらく快活な気分が引き起こされ、愉快であった。この詩画集に付けられた絵画は、フランス印象派の後期直後に、台頭したアンリ・ルッソー童画の画風を連想させるものがある。田中さんの詩画集夫々の一編を、それぞれの絵が忠実に解読させるものではない。詩画集の収載が、小説の挿絵同様になれば、それはつまらぬ詩画集である。

　要するに、田中さんのこの詩画集の場合、それぞれの絵には関連詩作品にからまる詩人の空想がこめられている。それが面白いのである。われら文学実践家は、おとなしく生きるために日常人の生活眼力と文学作家としての当然の眼力とを使い分けねばならない。アンリ・ルッソーの生業は税関吏であり、かつ高邁な理論家にして先駆的な詩人Ｔ・Ｓ・エリオットは約２年間ボストン市の銀行員であった。詩人田中實さんは、これらの両面を充分にこなし得る文学作家である。さらに田中さんへの註文として、現実日本のよごれて汚い世情に対して、一層の風刺眼をとぎすまして頂きたい。

楽しい幻想

三上紀史

　新しい詩集を詩画集『逆立ち男』として出されたことにまず感服し、また興味深く思った。日ごろ絵と詩の二本立てで「自由でいられる」境地を開拓され、ついに絵と詩を結びつけられたのは当然の帰結ともいえ

る。詩画集の絵は、楽しい自由自在な幻想にあふれているように思われる。

　詩は、前作までの暗い迫力よりも「宇宙の夢の旅」(「虎」) のような悠然としたものを感じさせる。また、動物をめぐる想像が象徴的な意味をもっているように思える。特に「逆立ち男」の絵と詩には感服した。まことに意味深い詩行だと思う。次はその詩画集の題詩「逆立ち男」の第2連である。

　　逆立ち男は真っ直ぐには歩けない
　　あっちへ曲がったり
　　こっちへ曲がったり
　　女神の顔も悪魔の顔も
　　逆さに仰ぎ見る

この詩にはシャガールを思わせるような絵がついている。詩から絵がイメージされたのか、絵から詩が生まれたのかは問う必要はない。これらは同じ着想の幹から生じた2つの枝だからである。この逆立ち男は、特殊レンズを通して見た自分の姿である。いわば戯画めいた自画像である。

　　彼は死の上にかける橋の
　　工事をしている　「死の上にかける橋」

この工事が、これからも楽しく続くことを祈っている。

暖かい雰囲気の詩画集

　　　　　　　　　　　　　　　　　　阿出川　祐子

　田中實氏が上梓された『逆立ち男』は、氏のこれまでの詩と絵画という二つの領域における創作活動を、いわば一つの芸術形式にまとめ上げた珠玉の詩画集である。
　ここに見られる絵画は、一見シャガール風の、抽象画に近い具象画であるが、シャガールとは全く異なる、氏固有の世界が構築されている。

シャガールが、とりすました、幾分濃いブルーで表す空間を、氏の場合は、我々が昔「空色」と呼んだ、明度の高いスカイブルー、あるいはそれにグリーン、そして時に黄やグレーを加えた色彩で表現し、どことなく暖かい雰囲気を醸し出している。シャガールが描いた白馬と比べても、氏の動物たちは日本人に馴染みの深い猿や犬、牛などが多く描き込まれている。シャガールの花束より、二匹の鯉幟の方が戦後の日本で子供時代を送った我々には郷愁と近親感を抱かせる。

筆者は特に「猪武者」の詩画に強い印象を受けた。この絵と詩を創作した際、氏は自身が日本人である事を、あるいは西洋と相対する形での日本というものをどの程度意識的に表現されようとしたのか、否か、非常に興味の惹かれるところである。

猪が家に迷い込み、ワイルドボアという言葉との連想から、ゲルマン神話の勇者に想像が広がる中で、「武者」という言葉の発想が、実に日本的な印象として強く感ぜられた。それは恐らく無意識的で自然なものであろうとも思われる。

そして「武者」という言葉を使いながら、穏やかでユーモアに溢れた、氏の知的意識に思いを馳せる読者は、この詩画集の世界にゆったり遊ぶ事が出来るのである。これは、これから、日本文化を支えていく若い人達への貴い贈り物なのである。

おのれの宇宙の創造

網代　敦

この詩画集『逆立ち男』の絵のほとんどは、著者が精力的に書き続けた詩を基盤にして描かれたものである。しかし詩が先行しようが、絵が先行しようが、作者の内面の躍動が同じ比重で吐露されていることに変わりはない。「ねずみ浄土」から始まる詩（18編）と絵（25編）には、十二支の動物が順番に登場している。りらりら・ぷちぺち（「ねずみ浄土」）、ゆんゆん（「人間模様」）といった言葉のはじけが、描かれたこれら動物たちの伸びやかさと、そこに戯れる子供や大人の本質的な裸の姿と呼応し、独特な詩画の世界を作り上げている。

詩や絵画の創作の究極的な目的は、作品の中で自由に遊び、作品とい

う鏡の中に入って反対側から自分を映し出すことでもある。この180度の転換は、本書のタイトルと表紙絵ともなっている「逆立ち男」に投影されている。大地を重力に逆って反対に支え、子犬も女神も逆さまに見る。夢でさえ逆さまに見る。けれど、「おのれの宇宙を力んで歩く」そう、おのれの宇宙なのだ。この世界の創造こそ、作者の真骨頂と言えるものであろう。

　「ウエイフェアラー」と題した詩に呼応した絵には、無数の白い羊の群れと羊飼いが描かれている。地平線の向こうには、モナリザの太陽が昇りつつある。オレンジの太陽の色と、羊の白さのコントラストの中で、子供たちが奔放に遊んでいる。現実的な穏やかな絵の中で、圧倒されるような数の羊の白さが象徴するものはなんだろうか。また羊飼いの後ろに現れている異様な顔の生き物は何であろうか。それは詩自体の中に読み取れそうでいて難しい。しかし言葉と絵画の躍動した世界を十分に楽しませてくれる内容である。作者には、今後も詩画の世界をさらに自由に巡ってもらいたい。

詩集『竜の落し子』(1989) について

寸評　高杉玲子　熊澤佐夫　ほか

再生への夢

高杉玲子

　詩集『竜の落し子』は、『死の上にかける橋』『影法師』に続く第3の詩集である。前作より5年の歳月が流れている。あとがきによれば、その間、短歌や俳句の定型の世界に遊んで、再び自由詩に戻ってきたと言う。定型から解き放たれた氏の感性の勢いは、短歌や俳句の世界から脱け出るのではなく、その世界をも取り込み、のびやかな言葉さばきを可能にさせている。

　氏にこのようなはずみを与えたのは何なのか。それは、次代を背負う子ども達に対する思い入れであるように思える。まず注目されているのは、子育てに対する伝統的境界線を取り外し、母性とともに手を取り合う父性を、少し照れながら、次のように詠っている点である。

　　雄は育児のために卵嚢をもっていて
　　雌の生んだ卵を受け入れ
　　大事に保護して孵化させるなんて
　　シャレてる

(「竜の落し子」)

　　母親ペンギンが数十キロ歩き
　　海へ出て
　　魚をたらふく食って帰るまで
　　父親は両脚の間で
　　卵をかかえ　雛にかえし
　　温めている

雛は親から離れたら凍ってしまう
　　その間およそ六十日間
　　父母の連繋プレイ
　　　　　　　　　　　　　　　　　　　　　（「ペンギン」）

　そして、氏の子どもに対する声かけは限りなく優しい響きを持っている。

　　馬魚よ　きみはのん気そう
　　きみの夢はなあに
　　きみはほんとはなにしているの
　　ただ海藻に語りかけているだけなの
　　ドラゴンの子よ
　　　　　　　　　　　　　　　　　　　　　（「竜の落し子」）

　経験より無垢を、知性より感性を重んじたロマン派詩人たちの理念ともなった、ワーズワスの有名な詩行「子どもは大人の父なのだ」が、ここで大きく姿を現わす。氏はこのパラドックスを借用して、それを自らの跳躍台にしようとする。

　　竜の落し子よ
　　きみも竜のように空を飛びたいかい
　　きみは画竜点睛の黄金色の竜のように
　　水をつかさどる神として激しく飛翔し
　　雲をつくり雨を降らすなんてことできない
　　天に昇ることも地獄に落ちることもない

　　きみは高貴な竜の落しだね
　　落胤なのかい
　　きみが落し子だなんて滅相もない
　　そんな烙印を押されてたまるものか

きみはほんとは竜の父なのだ
　　子どもは大人の父なのだ
　　　春なれや竜の落し子竜夢見
　　　尾を海藻にからめ揺れをり

（「竜の落し子」）

　体長わずか８センチの竜の落し子は、その姿が伝説上の巨大なドラゴンに似ているとして、ドラゴンにちなんで命名されたが、その際、小さな竜の落し子はドラゴンの正統な血をひく立派な子ではなく、不肖の子のイメージをかぶされた。しかし氏は、見掛けはいかにも頼りなさげな竜の落し子こそ、ドラゴンの父、つまり元祖であると発想を逆転させる。その上で、近づきがたいドラゴンから一旦身を引き、もっと親しみやすい竜の落し子に近づいていく。そして、竜の落し子を媒介として、天翔けるドラゴンを手繰りよせるのである。

　ただ、「深海を知らず浅い海で浅い夢を見、柔かい尾を海藻に巻きつけてやすらう」竜の落し子の無心な姿から、今の子ども達の現実は何と遠いことだろう。それは氏も充分承知している事実である。自然がどんどん破壊され、「金ぴかの世紀末号」や「産業ロボット」のまかりとおる現代、今や、ハイテクノロジーは、人間の誕生の神秘までにもメスを入れようとしてる。そんな今、氏は一方で、この苛酷な現実を生き抜くために「笑いの文法」に研きをかけつつ、他方で、純白な零（ゼロ）の可能性を信じたいのである。人は皆、生まれたばかりの赤子のじっと見詰めるつぶらな瞳、ぽちゃぽちゃの柔かい手足を思い出す。そのイノセンスを原点として、又ばねともして、氏は「一気に深海を脱出し旭日を受け大空を泳ぐ風雲魚」は、長いトンネルをくぐり抜けた末に到達した氏の現在の境地であるように思える。

無我の境地を志向

熊澤佐夫

　田中實さんは私の親友で詩人である。私の属する短歌会『閃』の歌会にゲストとして参加していただいたこともある。その折に、鴨川のシー

ワールド水族館で、竜の落し子に食い入るように見入っていた目は尋常ではなかったが、すでに『竜の落し子』の構想があるていど熟していて、作品へと昇華するのを待っていたのであろう。その田中さんが詩集を出した。第３詩集でしかも『竜の落し子』という題名だ。西脇順三郎さんのお弟子さんで、Ｔ・Ｓ・エリオットの影響を強く受けている田中さんの詩の技法は、言葉・表現のもっているイメージを積み重ね、組み合せ、繋ぎ合わせて作品を構築してゆくやりかたである。絵画でいえば、半抽象画ということになろうか。「死の上にかける橋」（『死の上にかける橋』）、「葛飾北斎」（『影法師』）、「手」（『竜の落し子』）の三つの詩は、私がとても好きな詩で、田中さんの詩の特色を端的に表わしている。エリオットが言う「客観的相関物……一組の事物、一つの立場、一連の出来事で、詩人が蓄えておいた感情をそれに減却させるもの……」を見出し、実生活で経験するさまざまな生々しい感情を詩的感情に昇華させている。田中さんが意図したままに言葉が躍動している。詩論と詩が一致している。

　「『詩人の言いたいことは、ほんの数行で、あとは遊びだ。』と西脇さんが言っていたよ。」は、田中さんから何度も聞いた。最後の数行を言いたいために、田中さんは冷静だ。表現すべき感情を取捨選択し、イメージを組み合わせ、繋ぎ、詩的効果を緻密に計算し、最後のクライマックスへと読者を投げ込む。実にたくみだ。

　田中さんは語呂合わせや擬声語を用いるのが好きで、田中さんの技法の１つである。例えば「光」（『竜の落し子』）の、「ロレンス　イノセンス　ナンセンス」、「うわばみ」（『竜の落し子』）の、「出初めの梯子の上のハッピの男に　はらはら　夢占いの雪が　ぱらぱら彼は起き上がり小法師のようによいしょと起き上がる」など。

　「手」は具象画に近い。手を通して田中さん自身の人生の足跡を表現しようとする試みは独創的で、手は田中さんが発見した客観的相関物」である。イメージがイメージを喚起し、時の流れをスムーズにして詩の世界を構築するのが、田中さんの詩の特徴である。

　詩の中に短歌や俳句を挟むのは田中さんの新しい実験で、『竜の落し子』の主な技法である。

きみの殻はなにか
きみの殻は着ている服
きみの読んでいる本
きみのつき合っている仲間
きみの殻は伸びたり縮んだり
広がったり　狭まったり
木枯らしに吹かれながら
春一番を待つ
　きみは殻なくして生は無きものと
　殻を背負ひて人目に晒す

　この作品のように、詩の結びに俳句や短歌が用いられていると、カンフル剤の役目を果たし、詩が締まったり広がったり、与える効果が大きい。そしてこの新しい試みは、多くの場合成功し、イメージとイメージの連結を密にする働きを果たしている。
　「雑草の向こう」は、絵の心得のある田中さんが遠近画法の手法を詩に取り入れ、近影から遠景へ、さらにその奥に何が存在するか、読む人の関心を引きつけるように構築されている。
　田中さんは現代を悲劇の時代、荒地の時代と捉える。そして現代の状況を招来した根源を論理的、概念的に思考する固い理性（「理性の船」『竜の落し子』）に帰する。理性が科学を進歩発展させ、その結果、機械文明の全盛時代を迎え、戦争まで引き起こしたことを田中さんは考えている。理性の固さは、「尖り」（『竜の落し子』）、「贋物の数字」（『竜の落し子』）、「剛直な数値」（『影法師』）などとなって現われ、抽象概念であるゆえに贋であると田中さんが断言する数字がわれわれを威し、摩滅させる。「贋の数字」に支配され、「尖り」に傷つけられ、のたうち回る荒地を脱し、未来に向かって希望を見出すために、固い理性を捨てねばならぬ、と田中さんは決心する。
　「理性の船が走り去り」理性を捨てて、田中さんは自己を現代の荒地から救済しようと暗中模索する。「触れる」（『竜の落し子』）という直接経験によって、外界との愛の関係を確立し、自己を再構成しようとする

試みも、「地殻の割れ目の暗い深い奥底に墜落して」いって、瓦解する。そして「尖り」を「イェーツの霊気で塗せ」「エリオットの神話で溶かせ」「光太郎の彫刻刀で均せ」と試行錯誤の末、行く雲のごとく流れる水のごとく生きようと決心する。この「行雲流水」のテーマのヴァリエイションは、『竜の落し子』全編の主調低音となっている。

そして最後に「行雲流水」の詩の境地にいたる。「竜の落し子」の中にある夢やポエジーは、雲のごとく水のごとく生きて行くと自ら生まれて来るもので、つまり、子どもに帰って行くことなのかも知れない。「子どもは大人の父なのだ」(「竜の落し子」W・ワーズワスからの引用)と田中さんは言うから。自己を否定して、完全に無我の境地にまで達することができるのだろうか、良寛のように。

　　　　　　　　　　　　　　　　　　　　　鈴木孝夫
「深海を知らず浅い海で浅い夢を見ている」など私は気づかなかった世界を見たような気がします。

　　　　　　　　　　　　　　　　　　　　　常盤新平
「風雲魚」「十二月の朝の仏たち」がよかったです。また表題作「竜の落し子」を興味深く読みました。

　　　　　　　　　　　　　　　　　　　　　江国　滋
「十二月八日の仏たち」は胸をうちました。

　　　　　　　　　　　　　　　　　　　　　雨宮栄一
澄んだまなざしを感じました。

　　　　　　　　　　　　　　　　　　　　　山本　晶
俳句が挿入された形は面白いですね。

　　　　　　　　　　　　　　　　　　　　　福田陸太郎
定型の調子がところどころで埋め込まれて、楽しんでいます。

　　　　　　　　　　　　　　　　　　曽我部学
貴殿のヒューマニズムと宇宙を感じます。

　　　　　　　　　　　　　　　　　　林　瑛二
息子さんの'Boys, be ambiguous !'(「あとがき」) は、現代を揶揄していて、これもまた詩的でした。

　　　　　　　　　　　　　　　　　　田仲　勉
「焚書」と標題作「竜の落し子」が気に入りました。'Boys, be ambiguous!' はナンセンスというより、哲学的含蓄あるパロディと感じております。

　　　　　　　　　　　　　　　　　　長崎勇一
明るい詩想とユーモアを直ちに読みとりました。

　　　　　　　　　　　　　　　　　　川井万里子
中とびらの裏の、ロレンスの言葉（英文）通り、生命の躍動そのものを感じさせる青銅の龍の装飾、「竜の落し子」—生き生きとした夢……清涼剤です。

　　　　　　　　　　　　　　　　　　A氏
映像的緊張の中に高められた言語表現、伝統的接触とモダニズムの手法の入りまじった独特のスタイル……。

詩集『影法師』(1983) について

寸評　三上紀史　ほか

二重自我人格の戯画

三上紀史

　詩集『死の上にかける橋』につづいて、『影法師』を田中實氏が出した。この詩集はあらゆる点で前詩集の延長線上にある。前詩集で氏は、自分をとりまく世界への絶望と不安を描き、そこからの脱出をこころみた。この姿勢は『影法師』にもひきつがれている。ただこの詩集では自己をとりまく世界がもっと拡大され、他角的に自己をみつめようとする姿勢がうかえる。その結果、アレゴリーや比喩がより巧みになり、また諧謔味が増した。

　前作にみられなかったこの詩集の大きな特徴は、二重自我人格のモチーフがはっきりあらわれていることである。二重人格自我とは、自分の中の相反する二つの要素をそれぞれ人格化し、たがいの精神感応をみることである。これは自己愛の変形であるが、執拗に自己を観察し、批判することでもある。一つの自己を別の自己がみつめることでもある。古来、文学においてさまざまな形でくりかえされたモチーフを、氏は自分のアイデンティティーの希求の手法に取り入れたのである。題詩「影法師」がこの詩集全体の意図を説明している。内容は次のようなものである。「〈僕〉が田んぼ道を歩いていると、向うの川土手に〈僕〉とそっくりの男がよそゆきの服を着て歩いている。土手の向うには光と影の川が流れている」という意味の一、二、三連を経て次のような最後の連がくる。

　　眼をつむると瞼に僕が二人映っている
　　二重身　ゲーテの微笑
　　太陽の光はその二人には届かない

俯くと眼が開き　僕は溝に片足が落ちかけ
　泥水にのめり込んでいる
　そこで第二の僕が踏みつけられ
　孤絶の個が立っている
　シラーの掛け声がする

　この影法師は想像の中にある自分の理想像でありながら、現実を反映しない（「光と影の鏡をもっていない」という。）いわば光と影の交錯する現実からぬけ出した自分の夢の姿だ。しかし現実に直面して目がさめると、自分の理想像は踏みつけられ、みじめな孤絶した自分が目の前にいる。この影法師は、田中氏の師である西脇順三郎が、その詩集『旅人かえらず』で追求した「幻影の人」のような「脱我的実存の幻影」とはややちがうようである。
　田中氏の影法師は「幻影の人」のような、ある瞬間にみる自己の中の永遠性というよりも、さめた現実のシニカルな目から見る自分の理想像の戯画である。これは一種の絶望の表現である。二重自我とはそもそも自分を超えようとする精神活動である。オットー・ランクによれば「死の偉力を断固として否定すること」である。しかし、ときとしてそれは無気味な死の前ぶれともなる。一方が消滅することによって死がおとずれるからである。自己を脱出して本来の自己にめぐり合った瞬間、本来の自己であるべきものは命を失って凍結している。それは自分の影法師でしかないのである。自己のアイデンティティーを求めながら、そこに到達できない絶望がここにある。またこの詩集の暗さもここに起因している。
　同じテーマで書かれた「彫像」の中の立像も、生命をはらんで躍動する理想像ではない。いくら〈僕〉が「歌ってくれ、踊ってくれ」と叫んでも立像は堅く沈黙したままである。ここには死に向かう否定的な意志がうかがえる。それを救うためには、諧謔を弄して戯画にすることだ。
　「遺品」と題された詩では、〈僕〉は死後の世界から自分の遺品を一つ一つみつめる。

遺品はいつのまにか僕の肉体に
すっかりなじんでしまって
いま正真正銘の僕のポーズをとっている
僕は自分の遺品を見つめながら
よれよれの　ずたずたの
自分の殻に呆れる

　これは中原中也の有名な詩「骨」を思わせるような戯画めいた自画像である。ここでは視点を逆にしているようにみえて、実はモチーフのヴァリエーションであることがわかる。
　全体の調子は前作と同じようにややペシミスティックで暗い。しかし暗さは自己内省の深さや重さにも通じ、明るさや軽妙さよりもかえって真剣に生きようとする積極さを感じさせ、詩の情緒を深くしている。

福田陸太郎

「星は生きている」は壮大な詩だ。

小田久郎

前作より、『影法師』は言葉が滑らかだ。きれいな詩だ。

田内初義

「ボス」「人形」は背景が感じられて好い。

長崎勇一

前作より客観化されている。よくわかる詩だ、少し考えさせる詩を……東西の画家がいろいろ出てくる、そういうのばかりまとめて本にしては……

中野圭一

歴史上の人物がたくさん出てくる、そういう詩が面白い

「齧られた歴史」「夕焼け」に頷いた。　　　　　　K・M

作者の風格が思われる。　　　　　　　　　　　　　K・S

大胆な言葉遣いに敬服。　　　　　　　　　　　　　A・D

雄大な詩、神秘的な詩、諷刺的な詩など様々だ。　　T・T

「ジョルジョーネ」「道化師」「微速度撮影」が好い。　N・W

詩集『死の上にかける橋』(1981)について

寸評　田仲 勉ほか

アイデンティティーの希求——『死の上にかける橋』
　　　　　　　　　　　　　　　　　田仲　勉

　まず一読して、ずい分読みやすいという感じ。少くとも、仲間うちの暗号を知らなくては門から中へ一歩も入ることができないかのような晦渋な現代詩人たちの作風とは、ずい分違うということがすぐ感じられる。世界の現代詩人たちへの不満が氏の独自性をひき出す源になっているようだ。これはなにも、氏が多くの現代詩人たちの感性と全く異る世界をもっているからというわけではなく、抽象から抽象を生み、形而上的な飛翔をしてとどまることを知らない多くのイカロスたちの実験に、氏の感性がなじまないということであろう。氏は現代詩の晦渋と難解さを、意識して避けるかのように、独自の詩心でさりげなく語り続ける。そしてそのさりげなさの中に、豊かな感性とインスピレーションと思想を折り込む。絵をたしなむ詩人だけに、色と光の感覚と描写力の細やかさは言うに及ばず、詩人としての言葉のリズムやその芸術的インテンシティ、及びことばあそびと諧謔までも豊かに結実させている点が、この詩集の大きい魅力になっているようだ。

　所載の30編の作品はそれぞれが、詩の詩想の広さを語るものだが、その中でもより密度が濃く同系の詩想で貫かれた一群は「小さな脱出」、「欅」、「無色」、「中くらいの夏」、「不安退治」、「白い鳥」、「死の上にかける橋」等であろう。それらの作品を貫く骨格を、無理を承知でつなげてみれば、「中庸の徳」を生活信条とし、「傍観者の権威を誇り」「傍目八目を得意」とする現代の行動不能者の特性、つまりアンガジュマン不能からくるアイデンティティーの欠如（「無色のレゾンデートル」）した人は、自らを「臆病者」と悔い自己嫌悪に陥る。そのような個人のよせ集めにすぎない世界も「魂がころんで核の猛威にさらされ、やがて

「1999年の薄暗い朝がやってきて」、「人々もろとも凍結してゆく」ことになる。
　ここで氏が、「焼死」もしくは「焼失」ではなく「凍結」と考えるところに、実は一抹の可能性がひそんでいる。「凍結」した魂を溶解し蘇生させることがどうしても必要なのだ。そのためになすべき事は、因襲的な日常性に埋もれた生き方を咎めることである。「男」は「臆病者の己れを悔る」より大きい自己のアイデンティティーを獲得するには、まず今ある自己を否定して超えることから始めなくてはならない。どうやら氏のテーマはこのあたりにあるように思われる。「体内を巡る血を洗い、脳髄を洗って」、「魂を洗う」ことにより、「臆病」な精神は止揚されることになろう。
　氏がいくつかの作品の中でたびたび使っている「魂」や「橋」のイメージはどれも、コミットメントを知らない自己が、アイデンティティーを希求するもう一人の自己へさしのべる魂のかけ橋の普遍化であるように思われる。そして、その橋はあるいは現代のバベルの塔であるのかもしれない。しかし、そのことを知っていて尚も、その建造を絶え間なく持続することが、氏の強い意志なのであろう。

　　　天へかける橋の　架橋工事は進まない
　　　永遠へかける橋の　無限へかける橋の
　　　工事はいつまでたっても終りがない
　　　……
　　　彼は死の上にかける橋の
　　　工事をしている

福田陸太郎

「中くらいの夏」がとても面白い。

佐藤和夫

「清算す」「噂」「呻き」「白い鳥」などが面白い。

小海永二
「末路」が好い。

松原和夫
どうも小生はイメージで詩を読むので、「赤い橋」を楽しく読ませていただきました。

細川泉二郎
「死の上にかける橋」が一番面白い。西脇先生はきみの詩をよく読んでいる。

長崎勇一
あなたは謙虚ですね。イメージを連ねる詩など書いているとは思わなかった。

渡辺栄太郎
「死の上にかける橋」とは、死に向かって、みんな仲よくやって行こうということか。

三上紀史
ペシミズムを楽しんでいるのではないか。「死の上にかける橋」が好い。

熊澤佐夫
「死の上にかける橋」が好い。また、「飲まれない顔」はリズムがあって好い。全体を通して、宗教（キリスト教や仏教等）の影響が感じられる。

雨宮栄一
「あとがき」の「地球の能力にも限界がある」は好い言葉だ。

　　　　　　　　　　　　　　　　　　　　　　　　　A・O
感情を殺して書いている。心が少年のようだ。

　　　　　　　　　　　　　　　　　　　　　　　　　N・T
パラドックスが多い。ヒト属という言葉がよく出てくる。

　　　　　　　　　　　　　　　　　　　　　　　　　K・H
詩は若い頃書いてやめてしまう人が多いのに年輩になっても書き続けているのはすばらしい。

　　　　　　　　　　　　　　　　　　　　　　　　　T・T
男と女が登場するのが面白い。「あとがき」が好い。

　　　　　　　　　　　　　　　　　　　　　　　　　D・T
西脇順三郎なんて、好い先生に習いましたね。

　　　　　　　　　　　　　　　　　　　　　　　　　Y・K
西脇先生の序文とは良かったですね。

全部のんで地下道に寝ころがっている。俳句を書いている娘の浪人風のエンカがヒバリのソネットと言ってテムズ河の舟びきの小道にあって、白く聳えるリッチモンドの橋にまでのびている。これらの遣いこんばっている子男のピカソのアビニヨンの娘たちはんとぶケンタ作として毎日よう十のびている蛇の行引きとお兄、ドリトンの播水のように研究室でとうに読んでゆく、あのヴォイスのついフィネガンズ・ウェイクにかける橋の思い出

序文

西脇順三郎

田中実君のためにこの詩集の序文を書くことには、私がかつて私の教室に出席したことのある学生に対してよろこんで先約したことであるからよろこんで書くのである。
この詩集は面白く出来ていると思う。
車は自分に正直に走っている。
汚い小犬が女のあとをつけて来る。大空のかなたでケンタウロスが踊っている。
ああ蛙が蛇にのまれているように先住民族も。

あとがき

1

　このたび、詩選集（anthology）を上梓することになりました。「第１章　絵空事　羅人どん」は最近の詩編でありまして、本詩集初出のものであります。この自画自讃を恥じる自選の詩編は、舞汝羅人（ペンネーム）が時代を今日から過去（１〜９）へ溯る掲載順序となっております。数十年にわたる作詩生活のひとつの節目として、ささやかな記念になればと念じております。

　折しも、ロックミュジシャンとして知られるボブ・ディランさんが昨年秋にノーベル文学賞受賞ということで世間を騒がせました。授賞式には欠席され、結局受賞いたしました。ディランさんはシェイクスピアを引用し、彼の37編の戯曲は文学作品を書くつもりで書いたわけではなく、あくまでも役者が演じる台本として書いたのでしょうと語っております。シェイクスピアの劇は見せる劇というよりは聞かせる劇といえる長い台詞で知られております。また、彼は優れた詩集も出しておりますけれども。ディランさんはまた、作家ヘミングウェイなどアメリカのノーベル賞受賞者と並び称せられることを喜んでいるようです。

　ディランさんが歌詞を書いたのも詩として読んでもらうためというよりはその曲の方を歌うために書いたわけです。ディランさんが *Blowin' in the Wind* などで歌う声は、言葉がメロディに融けて、彼の歌声に聞く人を引き込み、音楽芸術上、永遠の今という空気に包み、至福の高揚感と宇宙との一体感に聞く人を心酔させます。

　ノーベル文学賞選考委員会はディランさんの大部の優れた自伝をもその選考対象としたようです。こうして、ディランさんという人間そのものが詩人を表現していることに、一般市民は魅せられ、ディランさんを文才に恵まれた時代の寵児として愛してきたといえましょう。ノーベル賞授賞式には、当日先約があり、ディランさん本人は出席できませんで

したが、親しい代理人の方によるディランさんの受賞を称えたスピーチがあって、シャイなディランさんもさぞ内心ご満悦のことだったでしょう。

2

　詩集『凡愚　羅人どん』(2016)は詩画集2冊を含めれば8冊目となります。いつも、書けるか出せるか不安に駆られながら、何とか完成にこぎつけました。
　現代自由詩を創作するということは常に動いている時代背景を見極めながら、自分らしい独自のアートを生み出す格闘の日々のプロセスであります。現代自由詩は俳句や短歌のような定型詩ではないので、逆説的に自由があり過ぎて作りにくいかもしれません。愚生も最初の頃は日記でも書くつもりで独り言のようにノートに書き連ねて、思い出に耽ったりカタルシスを感じたりしてきました。
　詩は神か、と問えば否定できない、とある詩人の詩。ふと、自分の心の奥底から滲み出たり溢れ出たりする情緒をメモすることから、ミューズが登場して詩の芽生え、詩の誕生があったりします。
　現実は何かと不条理に遭遇したりして厳しいものがあります。社会はあれこれと相関的に動いているという実感があります。現実をはみ出し非現実へと飛翔して、詩神に詣でて、ミューズのインスピレーションを拝受し、日常から非日常へと詩作の旅をします。
　詩作は自然に則るというよりは自然を超越したがります。結局は自然の懐に鎮座し、自然の霊力に支配され、翻弄されているのかもしれません。こうして、その人ならではの真情こそが、創作詩の淵源ではないでしょうか。詩が言語表現のアートであるならば、詩には究極的に美と真実が、たとえ露ほどでも内在するでしょう。事実を超越した真実こそがその人独自の詩の表現になるでしょう。
　現代詩は近代詩の七五調のような定型は失われて、形式的には全く自由になっております。詩を書く場合、今日技術的な面では、古来の伝統的な学問としての修辞学（rhetoric）を脱皮して、新修辞学つまり文体

学の時代となっております。旧修辞学に縛られずに自由な発想として、自然に生まれる文体が現代詩にも散文と同様に一般的に見られます。

　こうして現代詩では自然発生的な口語的文体が常道となっております。現代詩は形式（form）の面と意味（meaning）の面から考察することになります。

　形式面では、（1）反復法（Repetition）（2）省略法（Ellipsis；Omission）（3）並列法（Parallelism）（4）対照法（Contrast；Antithesis）（5）比喩表現（Figures of speech）（6）擬音語（Onomatopoeia）・擬態語（Mimetic word）（7）断片文（Fragmentary Sentence）（8）頭韻（Alliteration）などがあげられます。このような語句や文などの形式的特徴は、言語の形式的表現法として文体構成に役立つものと思われます。以上が現代詩の形式的特徴の項目であります。

　まず、（1）反復法は典型的には同一語句の反復が、リズムを伴って効果的に用いられるものです。たとえば、「汚れちまった悲しみに／今日も小雪の降りかかる……」（中原中也）という2行で始まる詩は、3行目で再び「汚れちまった悲しみに」で始まるというふうに、全く同一の詩行「汚れちまった悲しみに」が8回出てきます。そのため読者の胸に確実に浸透して離れられなくなるのでしょう。

　次いで、（2）省略法は、たとえば谷川俊太郎の「はる」という詩は、「はなをこえて／しろいくもが／くもをこえて／ふかいそらが」で第1連が終っています。そこで「ふかいそらが」のあとに、動詞「ある」とか「見える」などが省略されていると解して、これらを補って読解することができます。「ある」とか「見える」を省いて、表現しないことによって、不完全文ではありますが、うまく行けば詩的効果として暗示力に富む文となります。

　また、同氏の「博物館」という詩では、「石斧など／ガラスのむこうにひっそりして」と表現している。そこで「ひっそりして」のあとに「いる」とか「いた」とか「いたのだ」とか補って読解することができます。しかし、それらを表現せずに省いたことによって、読者の想像力をかきたて、簡潔な表現としての詩的効果をあげています。

　「ひっそりして」の「〜して」は、サ変動詞「す」の連用形「し」と

接続助詞「て」との結合によって「して」となったものです。途切れた感じもありますが余韻を残す文です。完全文にするための補い方にはいろいろ選択肢が考えられるところに、読者は存分に想像力をふくらませて詩情を楽しめるでしょう。

　(3) 並列法は同一構造の語句、つまり、形容詞(句)や副詞(句)、名詞(句)、動詞(句)などを同じ文法的資格で並べて置く表現法です。同じ構造の文を並べて置く表現法もあります。たとえば、「からまつはさびしかりけり。たびゆくはさびしかりけり」(北原白秋)では、文頭の「からまつは」と「たびゆくは」は、いずれも5文字で主語として並列に置かれています。ついでながら、述語の「さびしかりけり」は同一語句反復であります。

　(4) 対照法は語句や文を対照させて表現する形式であります。たとえば、「君に故郷あり余に故郷なし」(高村光太郎)では、この2つの文は文末に「あり」(肯定)と「なし」(否定)の対比があり、2人称主語「君」と1人称主語「余」が対象表現になっています。

　(5) 比喩表現では、直喩(simile)と隠喩(metaphor)が重要です。直喩は副詞的に「～のように」とか形容詞的に「～のような」という明示的な比況の助動詞を通例用い、何か共通する特性に着目し、同類のものをあげて、たとえば、「わたしを束ねないで　あらせいとうの花のように／白いねぎのように／束ねないでください」(新川和江)の場合、「A(わたし)をB(あらせいとうの花と白いねぎ)のように束ねないで」と表現して、「AはBのようである」ことの否定形式を用いています。つまり、「わたし(人間)」を「あらせいとう」や「白いねぎ」に喩えています。

　次いで、詩的表現において注目すべき隠喩について触れておきます。そもそも詩は隠喩のオンパレードの観があります。隠喩は詩の根幹を成す比喩といえましょう。たとえば、「きっぱりと冬が来た……公孫樹の木も箒になった」(高村光太郎)では、公孫樹の木(A)＝箒(B)とずばり表現する形式です。一見互いに異なるものである公孫樹の木と箒の共通特性に着目した比喩です。歴史的に見て今日の言語は、無数の隠喩が化石化して日常語になっております。

(7) 擬音語・擬態語では、まず擬音語ですが、自然界や人間社会での音や声などを真似て表す語です。たとえば、「―くわ／どしんと降ろして　ひっくり返した土の中から／もぞもぞと　いろんな虫けらが出て来る」(大関松三郎)では、「どしんと」は実際に音がするのを形容しているので、擬音語ですが、「もぞもぞ」は実際に音がするわけではないので擬態語です。つまり、擬態語は視覚や触覚などの印象を言葉で表現した語です。たとえば、星が「きらきら」とか「つるつるした」紙などです。

　(7) 断片文は主語＋述語(動詞)の形式をそなえていない半端な文です。たとえば、「水不足を嘆いた三日後に洪水を心配している　人間も大変なんだねえ　泣き虫　水草　ポロリ涙」(星野富弘)では、「泣き虫」と「水草」と「ポロリ涙」は名詞(句)ですが、「泣き虫」は形容詞的に「水草」を修飾し、「ポロリ涙」は「ポロリと涙を流した」と補えるので、断片的です。仮に「泣き虫な水草はポロリと涙を流した」と表現すれば完全文となります。

　(8) 頭韻は文中の語頭音を繰り返し用いるもので、同音が間隔をおいて来ることから、響きの良い語句や文の流れを作り出します。たとえば、「うさぎにうまれて　うれしいうさぎ」(まどみちお)では、「う」(u)という母音が語頭に繰り返し用いられて、好音調(euphony)となっています。また、「こんこんこな雪降る朝に／梅が一りんさきました」(三好達治)では、「こんこん」の「こ」と「こな雪」の「こ」が語頭にあって韻を踏んでいます。こうして、響きの良い音楽的な芸術の美が生まれています。

　さらに文章表現法では、1つの文を散列文(loose sentence)と掉尾文(periodic sentence)とに分けて考えます。散列文では、主語＋(述語)動詞＋等位接続詞＋主語＋(述語)動詞というふうに文は構成され流れて行きます。したがって、散列文では主語＋動詞と表現して、1つのまとまった意味がとれて行きます。

　次の詩行「みんな自分の宇宙でお洒落している／そしてみんな自分の時を連れ歩いている／しかしここですべてが制服のように二次元だ」(谷川俊太郎「五月の無智な街で」)では、2行目の接続詞「そして」の

前まで（「みんな自分の宇宙でお洒落している」）で一応完結した意味がとれます。「そして」の後、「みんな自分の時を連れ歩いている」で、この行もこれで一応意味が完結しています。次の（反意）接続詞「しかし」の後「ここですべてが制服のように二次元だ」も意味内容が完結した節構造をなしています。これが散列文です。

　ところが、掉尾文（とうびぶん）では文（章）の末尾にきて文の勢いが文意がふるい立って完結します。例えば、宮澤賢治のかの有名な「雨ニモマケズ」という詩では、書き出しは「雨ニモマケズ／風ニモマケズ／雪ニモ夏ノ暑サニモマケヌ／……」と表現されていて、詩の最後の方の数行では、「ミンナニデクノボウトヨバレ／ホメラレモセズ／クニモサレズ／サウイウモノニ／ワタシハ／ナリタイ」と表現して終っています。つまり、賢治は将来自分がなりたい人物の理想像を詩にしているわけです。こうして、結びまで読んで初めて文意が十分に理解できることになります。いわゆるサスペンス効果をねらった詩の表現であります。むかし、法政大学の総長まで務めた哲学者谷川徹三氏（詩人谷川俊太郎氏の父）は「この詩について「まことに素朴で実直な作品である」と述べております。

　こうして、文体論（stylistics）となりますと、単一の文の分析にとどまらず、文と文のつながりやさらにパラグラフ単位の文章表現法というものをも考察対象といたします。文法ではまる「。」（英語ならピリオド「.」）で終る文の分析を中心に行ないますが。文間文法とかさらにパラグラフスタディなどでは１つの文から次の文への文の流れを重視しますので、いわゆる文体論の範疇となります。

　こうして、現代自由詩は百年以上にわたる歴史的推移がありながら、その基底には意識的無意識的に醸成された形式的な美が存在することに気づきます。さらに重要なのは、詩の言葉に込められた意味であります。言葉を発し意味するものは語そのものというよりは、まず言葉を発する人間がいて言葉を発しているわけです。そして言葉は記号ですから、この記号には意味するもの（le signlifant）と意味されるもの（le signifié）との両面があります。前者は音声であり、後者は記号内容（概念）、たとえば「書物」なら書物の概念です。言葉の構造には聴覚的

な言語音と視覚的な文字の面と意味の構造の面とがあります。

　そこで、意味（meaning）には明示的意味（外延　denotation）と言外の意味（内包　connotation）とがあります。詩言語の意味の重要性とその表現はそれぞれの作者の個性に委ねられることになりましよう。現代自由詩は何らかの形で時代を反映しております。

　最近、愚生としましては物語詩（narrative poem）を主眼として詩作を重ねてまいりました。書くことは生きている証しのようなものです。小生の詩集の表紙絵はいつもながらその年の干支に因んだ油絵に基づいております。油絵を描く場合は詩作より気軽な感じです。

3

　詩集『迷夢　羅人どん』（2015）は詩画集2冊を含めれば7冊目となります。詩を書かずにいられない衝動に駆られて、惰性に流されずに一歩一歩大地を踏みしめるように、日々の生活における自分らしい心情を吐露し表現してまいりました。省みますと、小生のそれぞれの詩集がpersonal historyの役割を果たしているような気がしております。時が移り時代が変われば、それなりに時代背景に即応した詩が生まれてきます。詩が小生にとっての表現手段として、最も適していると感じております。これまで俳句や短歌の同人誌の会等で楽しんできて、今でも時々作ることはありますが、詩作ではなんら拘束がなく、自由にのびのびと表現できるので、長続きしております。

　当初は日記か落書きのつもりで、自分を確かめながら、詩的な言葉が浮かぶままに詩作を楽しんでまいりました。日本の近代詩は島崎藤村の定型文語詩のころと違って、表現方法としては全く束縛されるものがなくなりました。ある著名な詩人は、縦書きの詩の場合、上下の余白（margin）がたんまりあれば、詩になってしまうと冗談めかしてのべておるくらいですから。したがって現代詩におきましては、音楽性よりも絵画性が重視される傾向が見られます。つまり、詩の意味もさることながら、エズラ・パウンドらによる1912年以降のイマジズム（imagism）等では口語自由詩型を主張し心象が主に詩によって表現されます。とは

いっても、ペイターが述べているように、文学芸術は音楽を憧憬するということは、今日の自由詩でも少なからず妥当するでしょう。自由詩では、潜在的な響きのよさ、好音調（euphony）や頭韻、脚韻の意識的無意識的な使用が見られます。自由詩でも、ホイットマンとかロレンスの詩には頭韻や反復表現が巧みに使用されております。その点では、小生の詩作の場合にも当てはまることは否めません。

　詩人パウンドが後のノーベル賞詩人Ｔ・Ｓ・エリオットの詩を直してあげたというエピソードがあります。余談になりますが、小生は第一詩集『死の上にかける橋』を刊行するに当たって西脇順三郎先生に序文を書いていただいた際、実はこの詩集の表題がもっと長かったものを、先生が一部削るほうが良いとの意向を示され、諾う(うべな)ことにいたしましたのを思い起こします。なにせ第一詩集を上梓するということは、しがない小生にとって自己の赤裸々な姿をさらけ出すような恥ずかしさを感じたものです。

　そもそも詩というものは、伝統的には１）劇詩、２）抒情詩、３）叙事詩の３部門に分けられます。１）劇詩は韻文体の戯曲であり、たとえば、シェイクスピアは劇詩では最大の文豪と呼ばれています。２）抒情詩は情緒や感情を表現し、近代詩といえば今日、抒情詩が主流といえましょう。３）叙事詩は神話や伝説、歴史的英雄等を題材にした物語的な詩で、たとえば、ホメロス作の長編叙事詩『イリアス』や『オデュッセイア』が知られています。

　現代詩を書いている人は一般に抒情詩の形態をとっているものと思われます。しかし、実際には十把一絡げにこれが詩だと律しがたいものがあります。詩を書く場合、全く思いのままに心から沸き起こる情緒や感情を言葉にすれば、そこにポエジーが生まれてくることでしょう。比喩的に申せば、散文がwalkingだとすれば、詩はdancingだとある人は言いましたが、詩には飛躍や躍動が見られ、暗示力に富んでいる面がありましょう。

　ところが、散文詩（prose poem）とか物語詩（narrative poem）となりますと、散文的要素が混入してきます。そこで、筆者としましては特に物語詩というものを視野に入れて、この詩集を編みました。

4

　ヒトは言葉を操る動物であります。言葉によってものを考え、言葉が行動の原動力となったりしております。言葉はコミュニケーションの道具であることにとどまらず、言葉によって人間生活を豊かなものにしております。それは、人間学の一部門として、言葉の芸術である様々の文学が生まれてきたことからも頷けます。

　ヒトは地球人として、自然界の一部ともいえましょう。ところが、特に都会人は自然界とかけ離れた生活環境にあるため、自然に親しむ機会が少なくなり、現代詩はともするとヒトが自然の懐の中にあることを踏まえての、写実性がないがしろにされがちで、観念の遊戯に陥りかねないことを恐れます。

　人間は自然あっての人間であり、その点では、最短詩形の俳句に学ぶべきものがありましょう。そして、俳句は名詞中心、短歌は動詞中心の文学といえましょうか。特に俳句（haiku）は日本独特の短詩型文学として海外にも広く知られております。外国では、現代詩はその国の人々に浸透し、愛されているようです。それは時折ノーベル賞を受賞する海外詩人が出ることでも頷けます。ノーベル賞といえば、今年1月14日の読売新聞で、作家の谷崎潤一郎と詩人の西脇順三郎の2人が1958年から1962年の間に4回、ノーベル賞候補になっていたと、同賞を選考するスウェーデン・アカデミーへの情報公開請求で分かったと報じております。余談ですが、西脇順三郎はある時、食事の席にてほろ酔いかげんで、「あの、ノーベル賞は県会議員さんから賞をもらうようなものではないでしょうかね」と、アイロニカルに sour grapes 風にポツリと愚痴っておりました。

　筆者は今年11月に傘寿となります。かえりみますと、第1詩集『死の上にかける橋』を、西脇順三郎先生の序文をいただいて上梓し、次いで『影法師』や『竜の落し子』を刊行し、そのあと詩画集として『逆立ち男』や『シェイくんの夢　スピアんの芸術』を出版してまいりました。今回、西脇順三郎生誕120年を記念して詩集『道草　羅人どん』(2014)

を刊行する運びとなりました。西脇順三郎には永遠をテーマにした詩が数々ありますが、ゲーテは「人間は瞬間を永遠のものにすることだってできる」と詠っております。小生も自分なりに永遠というものを若干考えてみました。また、筆者は西脇先生から、誰も使っていない日本語の表現を見つけるようにしなさい、と言われたのを心しながら詩作いたしました。

　ちなみに、今年はシェイクスピア生誕450年でもあり、彼は劇作品だけでなく、詩作品の創作方面でも『ヴィーナスとアドニス』や『不死鳥と山鳩』や『ソネット集』などを刊行しております。私見では、シェイクスピアは中でも『ソネット集』において一人称 I を用い、イングランド風（もしくはシェイクスピア風）ソネットの実践者として名を残しております。蛇足になりますが、シェイクスピアの sonnet30 は20世紀に至り、The Beatles ナンバー 'In My Life' が生まれる契機になったといわれております。

　西脇順三郎は昭和初期に、現実はつまらないと言い、超自然を標榜しておりましたが、晩年になる頃に「今は自然ですね」と話しておりました。詩を書くということは、一般の日常の世界とはかけ離れがちですが、非日常的な隔絶されたイマジネーションの世界に浸って、詩的表現の創造によって、心の自由を羽ばたかせることができる境地といえましょう。

5

　私の詩画集は最初『逆立ち男』（平成16年3月）を出してから8年を経て、詩画集Ⅱ『シェイクんの夢　スピアんの芸術』を刊行する運びとなりました。おこがましいことですが、今日のグローバル化の時代において、常に宇宙的視野から、宇宙と響きあう何かを求めて、地球上の西洋と東洋のコントラストや融合、ヒト属としての共通項を探り再確認しようとして、作詩と油絵を試みてきました。

　詩作品の方は前回同様に干支（えと）をベースに置いて、東洋の精神史を勝手に夢想しながら、書いてまいりました。そもそも油絵の方は、日本画と違って、西洋美術からその技法を取り入れたアートですので、日本にお

ける枯淡な中国伝来の水墨画や、岩絵の具などによって、絹や和紙に描く閑寂なわび・さびを感じさせたりする日本画とは、西洋画は自然観の相違もあって趣が異なるようです。フランスの印象派の画家ゴッホその他の画家が日本の浮世絵に関心を示したように、絵画には東西の相互影響があることにも気づかされます。

　中庸の美徳というものに、かねがね私は心を惹かれております。それはアリストテレス「ニコマコス倫理学」に見られる徳論や、中国の孔子の「論語」に見られる儒教の根本思想にもこの中庸が説かれています。

　そこで、今回の油絵はシェイクスピアの主要作品を題材として、荒唐無稽にも、空想を膨らませて、各作品1枚ずつ一幅の絵に仕上げました。こうして、地球上の文化的・人種的特異性と、世界人類の普遍性を念頭におきながら、詩と絵を作成いたしました。

　シェイクスピアはおよそ400年前に生き、アーティストとして活躍した人ですが、私が夢想するところでは、変幻自在に時空を超えて生き、私たちの同時代人ともいえる存在になっています。わたしのなかのシェイクスイアは、あなたのなかのシェイクスピアと必ずしも一致しないかもしれません。シェイクスピアがわれわれに乗り移っているのか、われわれがシェイクスピアの分身なのもしかと分かりません。ともあれ、国境や人種を越えて文豪シェイクスピアにフラターニティを感じているのは、わたし一人ではなさそうです。願わくは、庶民的なシェイクスピアの爪の垢を煎じて飲み、視覚的に夢の世界を、幻の世界を、永遠の世界を逍遥していただければ幸いであります。

6

　平成14年秋、「没後20年西脇順三郎展（於世田谷文学館　館長佐伯彰一氏）を見に駆けつけました。西脇先生がむかし世田谷のあたりを散策していた様子の詩や、大きな200号くらいの幽玄な山水画や、先生が蒐集された多数の草花などの標本がとても印象的でした。また、遠い昔、先生とY君と私の3人で居酒屋に寄り、枡酒を酌み交わしながら、先生の詩や油絵の話などをお聞きしたことを懐かしく思い出します。

私はシャガールやミロやクレーの絵が好きで永年油絵を嗜んできました。子供の頃から絵が好きで、キャンバス上で油絵の具の色彩と戯れ、マチエールを楽しんできました。そして自然や人間存在の心象風景を描く快さを実感してまいりました。私はこれまで幾人かの絵の先生につき、なかでも東洋のミロと言われた国画会の伊藤眞澄画伯について薫陶を受けてまいりました。ある時、伊藤先生は絵というものは、逆さにして見てもバランスがとれているものなのですと言われ、試してみて、なるほどと感心いたしました。

　詩の方では、「高村光太郎詩の会」に参加したり、元同僚のＮ氏に誘われて、小説と詩の同人誌『シュール』の会に出席して刺激を受けたりしました。西脇先生は高村光太郎のことを詩壇で親分肌の人だと評しておりました。私はこれまで俳句に親しみ、幾つかの句会に参加し、自然にはぐくまれた人間の感性を啓発されました。過去に二、三の短歌会にも参加して、日本人的情緒と自我の表出の面白さを経験いたしました。

　詩画集『逆立ち男』では、詩にも絵にも十二支の動物を、著書発行年の干支に合わせて登場させております。愚生は自分の詩や絵の中では全く自由でいられるような気がいたしております。人間の不思議さや人生の不条理を描く詩や絵は私の未完の分身です。

7

　むかし、「キュービズムのピカソ展」や「シャガール版画展」を見て、人間はグロテスクである反面、超自然への憧れをもつ存在なのかなあと感嘆いたしました。西脇順三郎先生に生前、私の第１詩集『死の上にかける橋』の序文を書いていただいた際、先生は書棚からピカソの画集を取り出してこられ、彼の後期の単純化された絵を指しながら、「こんな絵なら、いくらでも多く短時間で描けますよ」と言われたのを思い出します。一方、シャガールの絵にはかなり丹念に絵の具を塗り込んでいる絵が多いです。作家や詩人にも多作の人と寡作の人があります。松尾芭蕉は「句整はずんば舌頭に千転せよ」と言いました。俳句のような最短の定型詩ともなれば、普通の散文に比べて生みの苦しみはかえって大き

い場合がありましょう。

　詩における定型の歴史は洋の東西を問わず存在しました。第２詩集が出てから第３詩集の刊行に至るまで５年経過しております。この間、短歌や俳句の会に加わったりして、横道にそれて道草を食い、定型に縛られる快感を味わい、ふたたび自由詩に回帰いたしました。

　そんなわけで、『竜の落し子』には俳句や川柳もどきや短歌まがいの定型の夾雑物があるのにお気づきになるかもしれません。

　西脇先生が晩年、「だれも使っていない表現を探しなさい」と私に言われたのをしみじみと想起いたします。

　"Boys, be ambitious!"　最近、札幌を訪ねてクラーク博士像をじっと眺めました。かつて、フロンディア精神を唱導したクラーク博士のもとで学んだ者の中から、内村鑑三や新渡戸稲造らのような優れた教育者・思想家が生まれましたが、私は帰宅して大学生の息子に、"Boys, be ambitious!" と言いましたら、"Boys, be ambiguous!" という nonsense な言葉が返ってきました。

　時代と環境は確実に変化しつつあります。私が子供のころは路傍の草むらには保護色の緑の小さなバッタをよく見かけたものですがこのごろは都市郊外の草むらにバッタの姿をあまり見かけません。「東京砂漠」というメタファがクリーシェとなってから久しいです。他方、南米その他で森林の伐採により、地球は文字通りの砂漠化が進行中であります。それでも、今日の子供や若者は我々の想像もつかない新たな夢やポエジーを抱いて育って行ってほしいと念じております。「竜の落し子」のように。

8

　画家が絵を描くこと自体に生の充実感を抱くように、詩を創作する人は詩を書くこと自体に自我の充実感があります。自由を希求して生き延びようとする自我の飛翔や足掻きは、純粋な絵になったり詩になったり音楽になったりします。

　私の最初の詩集『死の上にかける橋』（序文・西脇順三郎先生）を刊

行してから２年の歳月が秋雨の降る谷川のように流れました。この２年間書き続けてきた詩の中から選んで、第２詩集『影法師』（1983）を刊行いたしました。現代詩は難解である、独りよがりになりがちである、娯楽性に乏しい、といった声が聞かれます。私の第１詩集の詩に関して、知性を突き破る何かが欲しい、ペシミズムを楽しんでいる、アレゴリカルな詩はいい、などといったご批評をいただき大変参考になりました。

　詩にかぎらずすべての芸術には、時代的背景が多かれ少なかれ影響を及ぼしています。人類は太古から遠い道程を歩んできましたが、これから超産業化社会に臨む今日、人間がいよいよ知性的になりながら、己れの非知性的な影が無意識の底で自我を揺さぶっています。人間という高等動物の文化が進むにつれて、真の実在を探求し表現しようとする詩の傾向にも変化が見られます。時代に相応しいというよりも、やはり時代を突き抜ける新鮮な主題や表現が要求されます。

　今や、土の匂い草の匂いが薄れてゆき、地球の限界を意識する新たな悲喜劇の時代であり、社会にはヒト属の深刻と諧謔とが交錯しています。西洋から東洋への文化の流れだけでなく、東洋から西洋への流れも増えつつあるなかで、北半球の東洋の日本という島国において、芸術の普遍性と個性とが、現代詩に十分表現されることが望まれます。

9

　初めて詩集『死の上にかける橋』（1981）を西脇順三郎先生の序文とともに上梓いたしまして、愚生は率直に申しますと、自分自身を赤裸々に他人の面前に晒すような羞恥の念にかられました。

　ある画家に、なぜ絵を描くのですか、と尋ねましたら、描きたいから描く、との答えでした。詩も人は書きたいから書くのでしょう。誰のために書くのかと言えば、先ず自分のためでしょう。しかし人に読まれない詩がどれだけの価値があるのかと思えば、詩集を出すということは勇気のいることです。世界の現代詩人の詩に不満がないわけではありませんが、少なくとも小生には書けない詩をそれぞれの詩人が書いていることは確かです。私も他の詩人には書けない詩を書こうとこれまで努力は

してきました。抒情詩を書き続けている人もいればモダニズムの詩、シュルレアリスム風の詩を書き続けている人もおります。西脇順三郎先生が「詩は難しいです。だから人には勧めないのです」と最近私に言われた言葉が胸に応えております。西脇先生は、昔は〈超自然〉であったが今は〈自然〉だとも言われます。

　科学技術の長足の進歩を目前にしながら、人類の未来に英知に、個人の生に能力にどれだけの夢と希望を抱くことができましょうか。地球の能力にも限界があります。そんな時、西脇先生の言われる諧謔の精神が脳裏に飛翔するのです。ご笑覧いただければ幸いです。

　平成29年　　秋

田中　實
（舞汝羅人）

著者紹介

田中　實（たなかみのる）

慶應義塾大学大学院修了
大東大、慶應大、早稲田大の教壇に
たち、現在、大東文化大学名誉教授

著　書

『英語の仕組みと新修辞法―ロレンスの場合』（鳳書房）
『愛と夢　―新解釈のアメリカ文学』（近代文藝社）
『シェイクスピアの英語と文体』（ぶんしん出版）
『ロレンス文学の愛と性』（鳳書房）
『シェイクスピアの宇宙』（慶應義塾大学出版会）
『文体力　西脇順三郎と伊藤　整と』（朝日出版社）
『シェイクスピアに魅せられて』（朝日出版社）

詩　集

『死の上にかける橋』（思潮社）
『影法師』（思潮社）
『竜の落し子』（思潮社）
『道草　羅人どん』（けやき出版）
『迷夢　羅人どん』（けやき出版）
『凡愚　羅人どん』（けやき出版）

詩画集

『逆立ち男』（ぶんしん出版）
『シェイクんの夢　スピアんの芸術』（工房KIZNA）

（表紙の絵と各章冒頭の絵は著者の油絵作品）

詩選集　絵空事　羅人(らびっと)どん

| 検印省略 | 2017年10月30日　初版第1刷発行 |

著　者　　田中　實

発行者　　原　雅久

発行所　　株式会社 朝日出版社
　　　　　〒101-0065　東京都千代田区西神田3-3-5
　　　　　TEL (03)3263-3321(代表)
　　　　　FAX (03)5226-9599

印刷所　　協友印刷株式会社

乱丁、落丁本はお取り替えいたします
©Minoru Tanaka 2017. Printed in Japan
ISBN978-4-255-01029-8 C0092